下北沢について

关于下北泽

BANANA
YOSHIMOTO

[日]
吉本芭娜娜 著
董海涛 译

上海译文出版社

目录

背后的故事

冥冥之中

仔细想来，我之所以想住在下北泽，有两个契机。

这两个契机都是很久之前微不足道的小事，几乎快被我遗忘得一干二净。

实际上，当我决定住在下北泽的时候，也完全没有回想起这两件事。

然而，这两件小事一定是一直尘封在我的记忆深处，等待着我住在下北泽的想法成为现实的那个瞬间。

初中三年级的时候，我一直想着和好朋友一起考进都立高中。因为那个时候我一味贪玩，完全没有好好学习，更没有准备过任何私立高中入学考试的内容。

去私立高中上学需要坐电车，我觉得非常麻烦，所以绝对不想考。

而且我有一辆非常帅气的“小单车”，不能骑爱车上学的学校完全不在我的考虑范围。

我要是那种能把这些想法有条不紊地告诉父母的孩子该多好。然而，当时的我是一个怯懦的少女。我想，与其对父母的话提出各种意见，让父母失望，还不如默默地接受私立高中的考试，然后落榜更好。

现在回想起来，真是对不起父母，还白白浪费了不菲的考试报名费。这些事情往往都是事后才会明白。

我想一定是因为我不努力学习，让父母非常焦虑，特别是母亲，她当时认为我应该还有那么一点学习的余力，如果能努力考进私立大学附属高中的话，那么还是勉强有机会直升上大学的。

确实如母亲预料的一样。

因为我高中的时候确实没有好好学习，报考的大学一个也没考上。在我决定次年再考的那个晚上，朋友交给我一张考试报名表。没抱任何希望地填好寄出去后，没想到居然报名成功了，于是我参加了日本大学的入学考试，一路考进了日本大学的艺术学部。我至今也不清楚自己是怎么考上的。

其实，小学的时候我十分喜欢学习，因为兴趣所在，所以没有特别的努力，成绩也很不错。

然而，我认为学校对我来说，本身没有任何意义。我对学校非常失望，并渐渐地丧失了参加学校任何活动的热情。对此我至今仍保持同样的想法。我也曾反省过是不是自己的问题。也曾做出各种努力想要去适应。然而，我最终还是醒悟："学校对我没有任何意义。"所以不管他人的感受如何，对我而言，在学校的那段时间仅仅只是为了明白静坐是多么痛苦而已。

长时间的忍耐让我产生了心理阴影，直到现

在，我也无法长时间静坐。那会让我的身体回想起在学校度过的那段地狱般的时光，令我不由得头晕目眩。

那个时候，家乡的中学里到处是不良少年，校园混乱不堪，母亲似乎非常担心这些人会影响我的未来。但是，多亏了学校的混乱以及不良少年们夸张的行为举止，才能让我打瞌睡、读书或者安静地做着自己喜欢的事情，又不会引起老师的关注。

参加位于町田的私立高中入学考试那一天，我发挥得不是特别理想，尤其是英语听力，答得一塌糊涂。因此，我想铁定会落榜。考完试回家的路上，我和父亲路过了下北泽站南口的商店街。

我一生都无法忘记当时内心的忐忑，心里感觉像撒了谎一样。

考试题目的难度完全超出了我的能力范围。备考时感觉自己在一定程度上摸清了门路，然而一旦题目超出了预想的难度，我就完全傻眼了。

做数学试题费时太久，以至于后面两题连动笔的时间都没有。高难度的英语听力令我束手无策，我甚至怀疑从喇叭里传出来的是来自外星的广播，自己都忍不住笑了。

整个英语考试，考什么都不记得了。只有在窗明几净的教室里和一堆陌生人一起安静地收听外星广播的回忆，奇妙地在我脑海中留下了明朗的印象。

那天飘着星星点点的雪花。在校生们不畏严寒在校门口发放雨伞袋，并对每个人说“加油”。那一刻，我第一次有些后悔：“啊，要是之前好好学习就好了。没想到这是一所让人感觉如此好的学校啊。”然而为时已晚，或者说我太欠考虑了。

那天，我就这样怀着忐忑的心情，和父亲一起顺路去了下北泽。

那个时候，我确信自己能考上都立高中。虽然也会有一丝担忧，但相信自己应该没问题，也完全没有考虑过如果都立高中落榜，自己会无学可上。只有放手一搏，只能成功不能失败，我当时的心情如临悬崖峭壁一般。

最后，我如愿考上了都立高中，一起去看放榜的朋友却意外落榜，为此我嚎啕大哭，这个让人摸不着头脑的故事至今让我记忆犹新。很多人以为我是喜极而泣，他们说："果然私立高中全部落榜的打击还是挺大的吧。"然而并非如此。朋友学习远比我认真，却榜上无名，看着伤心哭泣的朋友，我实在控制不住自己的眼泪。

那天雪后初霁，傍晚时分的下北泽已开始热闹起来了，到处充满了活力。当时还只是个孩子的我心里也不由得感慨万分。

对当时的我而言，绝对没有想过将来我会每天和自己的孩子一起走过这条商店街，或者应该说，这远远超出了我的想象。因为当时我打算一辈子都不离开下町[①]，就算结婚之后，大概也会住在娘家附近。

---

① 指普通居民区，多密集低矮的住宅和小商铺。

然而，冥冥之中自有天意。

没错，几十年之后，我牵着自己的孩子，每天走在曾和父亲一起走过的街道。说不清是因为这样的缘分所以记忆深刻，还是因为记忆深刻让我感觉有了这样的缘分。

毫无疑问，那个下午给我留下了强烈的印象，带给我的影响也远远超过那天的升学考试。

当时南口商店街的连锁店比现在要少，有很多传统的小店和咖啡店。也有很多别处不太常见的杂货店。我一家又一家地驻足观望，还在一家装修别致的咖啡馆里喝了茶。虽然我只记得这些，但我确定那种热闹的感觉和我家附近的谷中银座商店街的热闹完全不同。下北泽的热闹是年轻人创造未来的热闹，不是脚踏实地的成年人接地气地买菜过日子的热闹。这让年轻的我深深着迷。

我平时很少有机会和父亲一起走在下町以外的地方。

可能也是这个原因，父亲也好像旅行一般，看上去特别开心，让我至今无法忘记。平常总是疾步如飞的父亲，那天也放慢了脚步，悠闲踱步的欢快样子让我忘记了考试的失利。

如今，父亲已经离世，那天阴沉的天空和冰冷的空气，还有因为没怎么学习就去参加考试的内疚心情全都让我无比怀念。

那个时候我完全没有想过以后要住在这个地方。我还远未成熟到那个地步。

当时有人初中毕业后继承家业，有人加入了黑社会的事务所，也有人做了有钱老头儿的情妇而出手阔绰，大人模样的中学生大有人在，而我却仍是一个十足的小屁孩儿。

虽然我决心以后要成为一名作家，但还没有想过要住在喜欢的地方。

我今年已经四十八岁了，心态却仍然像个大学生，可能也是这个原因。我人生中所有的事都比较晚，所以现在也是一样。可能是因为不保持一份童真的话，就无法坚持现在的这份工作。

在下北泽，我还有一个永远无法忘记的风景。

在镰仓大道向着代泽方向，原来有一个很大的道口。

直到不久之前还风靡一时的 CICOUTE CAFE 就曾开在那附近。现在那里还有七草和 NEJI 餐厅。

二十岁出头的时候，走过那里时我突然冒出一个想法。

啊，这个景色我非常熟悉。也许以后我会住在这里……

那个想法随疾驰而过的小田急[1]电车的轰鸣消散在风中，甚至没有留在我的记忆中。

然而，我清楚地记得当时天空的颜色。

那一天，我要前往住在下北泽的同学友子家借宿。我们在车站会合后，去了车站北口的菜市场。如今市场里的店铺正在慢慢地消失，但当时每个店铺都还在营业，一片繁华。在一家灯泡的亮光泛黄

① 连接东京和神奈川县的电车线路名称。

的店铺里，我们买了茄子和鸡肉，友子说要给我做泰式咖喱。

对于当时仍然和父母住在一起的我而言，根本无法想象泰式咖喱这样难得一见的料理，居然在家中就能完成，更没有想过可以和好朋友一边开开心心聊天一边买好晚餐的食材，一起烹饪，一起大快朵颐。

在买好食材去友子家的路上，我路过那个现在已然不复存在的道口。那时完全不知道，那个瞬间决定了我的命运。

友子和她的姐姐住在一起，我们三人一起吃了友子做的咖喱。

后来，我和友子小声地谈天说地直到深夜。

友子的姐姐第二天还要上班，所以在她睡觉的时候，我们不能太过吵闹，那时的想法还算比较成熟。友子姐姐是一个白领，连她的衣服都散发着成年人的魅力，衣架上还挂着大学生轻易买不起的路易威登手提包和化妆包。

当时还是孩子的我隐约地觉得，成年后一定会有很多开心的事情。

次日早上，吃完早饭后我就离开了友子家，走了没几步发现道路中央站着一对夫妻，男士高大、帅气，女士苗条、妩媚。两个人均是全身黑色的装扮。有个小女孩紧紧地跟着他们，男士的怀里还抱着一个小孩。

怎会有如此帅气的场景，住宅区里的摇滚夫妻，还有他们的孩子们。

我看得如痴如醉，有可能是因为我目不转睛的注视，那一家人很快走进了家门。

友子说："那是鲇川先生和 SHEENA[1]。他们家有一对双胞胎。"

我从心底被他们的独特气质打动，不由得想：很多玩摇滚乐的人平常在家里都是普通人的模样，摇滚精神真正深入骨髓的人，真的是不管何时何

---

① 摇滚乐队 SHEENA & THE ROKKETS 成员。

地，何种情况下都是那么摇滚啊。

要是在我住的下町，带孩子的时候穿成那样，一定会成为人们茶余饭后的谈资。下町的人们非常和善，可能会觉得有趣，也可能会接受。但无论如何都还是太过夸张。

但是，在下北泽的街道上，他们如此自然，没有丝毫不协调。

可能绝对不是值得表扬的事情，仔细观察就会发现，白天的下北泽有很多穿着奇装异服、来路不明的人来来往往。小酒馆也从傍晚就开始热火朝天。

我并不是想要过上这样的生活，我只是想要住在这样的地方附近。这个想法和我在那个道口看到的广阔天空一起，深藏在我的心里。

后来搬到下北泽附近的时候，我已然人过中年，工作繁忙，只会去一些带着孩子的人才会去的地方。

因为孩子要上学，我们必须早睡早起，计划总是排得很满，没有空闲。我不得不过上了无聊的成年人生活。

我再也不会深夜喝得东倒西歪，直到第二天早上才回家；也不会突然闯进从未去过的酒屋，在吧台结交新朋友；也不会去小酒馆唱歌，和陌生人一起为彼此鼓掌；也不会突然深夜被有烦心事的朋友叫出去。那样的生活都成了过往。

所以，我实际上在下北泽并没有过上我之前想象的生活。

我早已跨过了那样的人生阶段。

即便如此，晚上偶尔和孩子一起经过商店街，带着孩子走进还在营业的熟人店铺小酌一杯时，我心中那个已经破碎的“七十年代的梦想”偶尔还会闪闪发亮。

一定不只是因为我长大成人了。现在这个时代，谁都不能出现任何纰漏。每个人的言行举止都好像是被谁紧盯着一样，每个人都在和时间赛跑。

经历过那个年代的人已经越来越少，然而我

想，只有那份热情需要永留心间，不能抹去。以后我也会继续怀揣着当年对下北泽的那份憧憬，去创作。

行　走

我以前住在世田谷区的上马。

那是一个很悠闲的地方。

白天的时候，街上基本没有什么行人，我家对面是一家高知县的公司的宿舍，可能是民风不同，这里一切比较随意。人们会敞开窗户和家人大声欢笑，甚至连窗帘也不拉，或是在夜深人静的时候练习弹钢琴。我非常喜欢那样的氛围。

当时附近有一家老年人的日间照料中心，好像有不少老年人在没有预约的日子也会从家里偷偷跑过去，我经常会遇到这样的老年人，然后把他们送回去。

住在一层的房东很关照我，像家人一般。房租多少有些贵，但是无论你随便养几只大型犬，或怎么吵闹都没有关系，这条件在现在可是相当难得的。不知不觉中，我在这里悠闲度日，一下子就住了十年。

而且，在那段生活快要结束的时候，楼上居然住进一只小猪。

深夜里从天花板上传来小猪咚咚的脚步声，让人感觉十分幸福。一个午后，小猪的主人给我看它熟睡在副驾位置上的样子，我作为一个喜欢吃猪肉的人，那时第一次认真地考虑："以后再也不吃猪肉了。"

生了孩子以后，我开始对我家附近的两条如大河般川流不息的公路耿耿于怀。

虽然之前我一直觉得公路宽敞又方便。

对于白天和傍晚经常乘坐电车出行的我而言，驹泽大学站是非常方便的，深夜搭别人的车或者打车回家的时候，只需要告诉对方"我去国道二四六号和环七线交叉的十字路口附近”就可以了。

深夜工作的时候，我能隐约听到车流的轰隆声。对于临近中年还在埋头苦干的我来说，听着车流声，内心会感觉到十分安宁。那是一种展现了城市生活的动人声音。

但是，孩子出生以后，我发现不管去哪里都要越过宽阔的公路，这样的生活对我来说太困难了。每天去超市都要推着婴儿车或者是抱着孩子慌慌张张地穿过公路。

乍一看很方便，附近的人们本来多半也是开车出行，对他们而言并无所谓，但对于在下町长大，靠步行或是骑自行车就能搞定一切的我而言，无法适应那样的生活。

生孩子后的那段时间，我的身体里好像住着一头野兽。我想要恢复自己从小到大一直培养起来的那种感觉。

至少在孩子小的时候，我还是希望他能像我小时候一样，生活在有商店街的地方。有了这个想法，我决定搬家到离下北泽南口很近的代泽。

虽然不是在商店街的边上，但商店街离我住的地方不远，而且商店街里基本禁止汽车入内。

搬离上马的时候，曾和房东太太一起为分别而感伤落泪，这也是我人生当中很重要的回忆。

当初离开家，和父母说要走了的时候，我都没有哭过。我看着房东太太，想着以后没有房东太太的人生，心里感觉非常没有底气，不由得落下了眼泪。

房东太太总是送给我她亲手做的烤肉酱料，每次见到我的孩子的时候，她都会面带由衷的笑容去逗他。现在回想起来，那个时候我真的一直生活在房东太太的呵护下。

那栋公寓明明只有一套简陋的自动门禁，几乎任何人都能随意出入，然而我仅仅想到一层住着房东的女儿，二层住着房东和她的儿子（四层住着小猪，笑）时，就会有种置身大家庭中的安心感。

当然，大家庭也有不便之处。所谓邻居就是时刻在那里的人，大家生活中并不总是体面的事儿，邻居也常会听到我家吵架的声音或是我冲孩子发火的声音。而房东家里有两个天生腿脚不太方便的人，我也时时可以从声音中感受到他们生活的艰辛。

即便如此，那里也有着平凡的、延绵不绝的家庭生活。

现在的房东们，一般都会住在四楼或者顶楼的豪华房间里，而当时的房东太太却是自己住在一楼和二楼，让房客们住在较好的房间里，并且收取与好房间相应的租金，并以此为荣。

房东是过去那种老派的房东，这本身就勾起了我的乡愁。因为甚至就连我老家那边，如此纯朴的人也并不多见了。

傍晚，房东太太做饭的时候总是用芝麻油，香气就会顺着楼梯飘上来。现在每次用芝麻油炒菜时，我总会回想起在那里度过的温馨夜晚。

那十年是任何东西都无法取代的十年。

活到这把年纪，我深刻地感受到人生中十年的分量。

和房东太太在同一个屋檐下，安稳地生活的那十年真的非常珍贵。

现在这个时代，哪怕是一条小路都会突然有汽车闯进来。

我搬的新家的前面也是一条行车的道路，总是会有来来往往的汽车。

虽然这也算我自己的一个小小失策，但至少小路除了不仅仅是为了让汽车通行外，也适合带着蹒跚学步的孩子散步。再也不需要每次穿越车流不息的大路，让我多少有些放心。

并且，我住在那里的那段时间，商店街也总是在不断变化。

与生活息息相关的米店、肉店和菜店一家接一家地关门，而连锁店、餐厅酒馆和有女孩陪酒的酒吧越来越多，这个趋势一直持续到现在。

我想，如果这是时代的潮流，那也无可奈何。

我去别的小城市时，如果没有带换洗的衣服，会马上寻找优衣库或者无印良品，享受它们带来的便利。去一次大关超市就能买到生活所需的全部物品，在忙得不可开交的时候，真的是要感谢超市文化。

即便如此，我的心底还是一直保留着昭和时代的购物乐趣。

“大叔，今天我买萝卜，还有阳荷。”“今天的西红柿不错哦，这是找你的零钱。”“做一顿美味的晚餐吧。”类似这样的对话之后，双手拎着满满的食物悠哉悠哉地走在回家的路上，我会感到十分幸福。走上街道后不管是否愿意，遇到的全都是熟悉的面孔，感觉时刻生活在别人的视线中，有些厌烦，却又很轻松。希望今后的人们可以从别的地方体会这样的感觉。

因为我运动细胞不发达，无法骑着自行车载着孩子潇洒地去购物。光是载着孩子，我就会感到害怕，以至于什么都做不了，只能推着自行车前行。

对我而言，用婴儿车推着孩子和买来的东西就已经不堪重负，勉强为之了，更不用说骑自行车。

每次在百货商店的门口看见别人一只手抱着孩子，一只手轻松地把婴儿车折叠起来，麻利地坐进出租车离去，我总是羡慕不已。换作是我，一定得先把孩子放到地上，完成全部动作至少要花费五分钟……人各有所长，没办法。

所以，出于无奈，我多走了很多路。

带着儿子一起走时，不得不放慢脚步，有时会索然无味，浪费了很多时间，因此心浮气躁，甚至冲孩子发火。即便如此，我也开始慢慢学会欣赏平时没有注意到的风景，停下来去观察别人。

这些都是住在上马没有机会体验的，因为那里白天人迹罕见。

在下北泽，白天总有很多人来来往往，到了晚上也人潮不断。

我喜欢那种热闹的样子，可能因为我出生在下町吧。

现在，儿子已经比我跑得还快，答应给他买零食或是给他零花钱时，还会帮我拎重物。

我经常感慨“真的是长大了啊”，反过来又会感伤再也没有机会牵着他软绵绵的小手，放慢自己的脚步配合他摇摇晃晃的步伐。

也没有机会在那个不复存在的道口等他，去现在大部分店铺都已关停的市场，一起在店门口做棉花糖了。

再也不会在每次购物回来的路上，走进那家已经更换门面，名叫 Daniela 的意大利餐厅，我点一杯生啤，儿子一杯血橙汁，然后微醺的我牵着他的手走在夕阳下的归途中。

也不会在洋气漂亮、格调别致的 CICOUTE CAFE 喝儿子最喜欢的蔬菜浓汤。

这样想来，很多事情如白驹过隙般逝去，让人措手不及。

但是也不能一直沉浸在感伤中。

因为今天进行过的对话，一起走过的路，都会成为我们人生的一部分。

也不能一直发呆。现在就是现在。无论如何都要全心全意地描绘好今天。

因为只有全心全意描绘好今天，才能留下精彩的十年。

不管怎样，希望大家也去下北泽走一走。

累了在咖啡店里喝点茶，然后再继续走。

曾经有无数人在这里哭泣、欢笑、畅饮、呕吐、梦想破灭、失恋分手或是找到幸福，无数人反复走过同样的路。相信那些足迹一个都没有消失。就像透明的幽灵互相重叠一般，人与人的身影浸染了这里。不管风景如何改变，这里总是弥漫着原来的气息。

这就是下北泽的深度，下北泽的悲伤，也是下北泽的美妙之处。

很久之前，我年轻时，曾在下北泽的街道上和当时的恋人分手。

当时男朋友已经和他的前女友分了手，却仍然没法忘记她，当我和前女友的弟弟同时需要留宿时，他居然选择的是前女友的弟弟。

诸位，好好听一听哦。甚至不是他的前女友。

前女友的弟弟哦！

我居然输给了男人！

这实在是让我生气，于是决定和他分手，静静地坐上了回我住所的出租车。我至今都无法忘记当时悲伤的心情。

之后和他又发生了很多摩擦，但最终让我决定分手的还是这件事。

“你一定会原谅我的，所以今天还是让他留宿吧。而且他家更远……”现在回想起来，他的决定也在情理之中，然而那个时候的我却无论如何无法接受。

明明大家还可以挤一挤，或者干脆一直喝酒直到有始发电车。

他一定是不想让我听到他和前女友的弟弟谈论前女友的事情，这让我很难过。

偶尔，深夜我送朋友去车站之后，会牵着孩子的手路过那个地方。

那场恋爱终结的地方正好是在茶泽街道的避难所附近。

虽然白天的时候我也曾无数次经过那里，但是只有在夜晚相同的时间段，我才会稍微想起那个晚上的事情，不由得露出笑容。

那时我完全没有想过，以后的某一天自己会住在这里。

也没有想过，有一天我会在回家的路上，带着自己的孩子吃着冰棍路过那里。

那天我是那么伤心难过，眼前一片漆黑，形单影只地坐在返回遥远住处的出租车里，我不断啜泣，吓坏了出租车司机。我真的很想告诉那时的自己："之后的你会和别人结婚，住在下北泽，还会带着孩子路过这里。"

人生怎会如此美好呢，能有这样的人生真好。

有些场所会使原本开心的事情变得悲伤，同样的，有些场所也会把悲伤的事情变得开心。没有什么一成不变。只要活着，想法就会一直更新，生活就会一直继续。

我希望继续在这个地方生活下去。

与各种各样的人擦肩而过、邂逅、分离。

相信下北泽也在注视着我。

书之神

前些天，在 B&B 书店结束演讲后，回家的路上，我去了一家偶尔会光顾的沙丁鱼店（这么说是不是大家已经猜到了，可能比直接公布店名更不合适）。

天色尚早，我就开始和一起制作这本小册子的团队、我的家人以及其他工作人员一起开怀畅饮，喝了很长时间。

仔细想想，和制作这本小册子的团队一起喝酒还是第一次。平日里，大家各自都很忙碌，每次的碰头会也仅仅只有十分钟左右而已，平时大家也没有多么亲近。因为平日很少见到，偶尔在下北泽不期而遇，甚至还会彼此寒暄：“你原来还真的是在这里啊。”

然而，我深感意外，我们并没有感觉到任何拘束，仿佛是曾经常一起喝酒的伙伴一般。甚至于我们在聊起各自人生中第一次听到的故事时，我才突然意识到：“原来，这些人真的是我并不怎么熟悉的人嘛。”

也许，我们之所以能够这样，是因为我们的头上都有一个共通的“书之神”吧。

他们在我真正为难的时候告诉我梦幻般的解决方法，在任何时候都会陪伴我的左右，今后可能很难找到像他们这样能够同样感知“书之神”存在的伙伴吧。

但是，就像是听着火神安哥拉乐队的人们在八十年代突然创造出优秀的音乐一般，书里也包含着各种各样的可能性。想必只有像我们这样的人才会这样想。

不管是像B&B书店这样可以被称为书之百宝箱、只要走进去就能感觉到幸福的实体店铺，还是网络上的虚拟空间，我们永远都不会忘记在一字排开的书中做选择的苦恼，以及遐想美丽邂逅瞬间的喜悦。

我们一直爱着的书，是把我们载向未知海洋的扁舟，让我们一片痴情地不断追寻。

顺便告诉大家一件不太好言明的事情，那家沙丁鱼店是一家客人很难顺利点到自己想点菜品的店（虽然我说不太好言明，却又说得很直白）。

虽然墙上和手边的菜单上写满了菜品，但是比如你说“来一份沙丁鱼肉泥”或“来一份土豆泥沙拉”，店员一定会说“今天沙丁鱼刺身比沙丁鱼肉泥更棒哦”，“今天蔬菜沙拉的酱汁比土豆泥沙拉更香哦”，不遗余力地把他们打算用完的食材推荐给你，一副一步都不打算退让的架势。

哈哈，当然这只是举个例子而已（笑）。

我们除了相信“书之神”之外，没有任何共通之处。但是，在“书之神”的指引下，我们曾喝过的店不计其数，自然不会受到店员的丝毫影响。

“不不，我今天就是为了吃沙丁鱼肉泥才来这里的”，“我这个人吃不了生的绿叶蔬菜”，这样微笑着坚持自己所点的菜品，也算是去店里喝酒的一点意外和乐趣吧。

当然我也很少这样极端地回复店员（笑），有的时候在不同的店里我也会做一些改变，或者继续坚持，或者去思考自己真正想吃的是什么，我想这些都是人生的一大乐趣吧。

千篇一律的待客之道会让人兴致全无，总是去相同感觉的店也没有任何的新鲜感，我内在的童心会觉得十分无聊。

非常庆幸“书之神”教会了我这些东西。

从儿子年幼时搬到下北泽以来，每次走过南口商店街，我都会有一种不祥的预感。对我的人生、我的家人来说，这段时期想必是最辛苦的，但之后回过头来看又感受到无可替代的幸福。

话虽如此，我因为月子没有坐好，左腰部总是痛，还贫血。由于高龄生育，体力不足，光是照顾经常发烧呕吐的孩子就忙得手忙脚乱，完全没有余力享受这个过程，真的很可悲。我常常会想，我要是趁年轻、体力充沛的时候生孩子就好了，那就可以在和孩子一起玩耍的同时，凭借充沛的体力熬过这段时期。

不过，这段时期毫无疑问也是我人生中最宝贵的时期。

我的身体无法随心所欲地行动，我也没有属于自己的时间，生活完全以蹒跚学步的孩子为中心，这是我一生中难得的体验。

现在已经十一岁的儿子，喜欢晚上和妈妈一起散步。

每当我因工作晚归，他又没吃晚饭时，他总是会提议："妈妈，我们去外面吃吧。"

如此说来，我回想起小时候，深夜父亲饥饿难耐时，会骑着自行车带我一起出去吃拉面，那真是无比幸福。在不寻常的时间做不寻常的事情总会让人无比兴奋，小孩子大抵如此。

于是，我会和儿子一起兴致勃勃地前往居酒屋或者饺子王将。

儿子已经学会自己点菜了，这也是一个巨大的变化。我喝啤酒，儿子喝碳酸饮料，我们一起聊天一起吃夜宵，然后牵着手一起回家。当然回去的时候我们会谨慎地选择行人较多的路。一边走一边创造属于我们美好的回忆，一起感叹就算是深夜，只要不是凌晨三点，就可以安全地走夜路，日本这样的治安多么难得。

双亲已故的我非常清楚，今后用不了多久，孩子就会离开父母，前往自己的世界。那是一个完全没有父母的世界。孩子在那个世界经历各种体验的时候，很少会回来见父母，就算偶尔来看望一下，也无暇将父母放在心上，这样的状态可能会持续很久。等孩子再次回到父母身边时，父母人生的旅途已接近终点，会把儿时的回忆当作宝贝。

当然这也是基于大家都健康长寿的设想，事实并不一定都是这样。总之，我们就只能在感叹人生奇妙的同时，全身心地活在当下。

儿子年幼之时，我家附近有两家菜店。

比大关超市和信浓屋商店还要近，抬脚就能买到东西的只有这两家。偶尔忘买什么，或是忙得没有时间去远处的超市，也没有时间在外吃的时候，我会和儿子一起，或者告诉儿子“在家等十分钟”，一路小跑前往那两家店。

虽然那两家店的商品不如超市种类丰富，却充满了人情味。

其中一家是膳场的菜店，因为改建施工，现在暂停营业。不知道以后会重新开业呢还是会改头换面。菜店里的腿脚不太利索的老爷爷决定退休，而小哥和老奶奶则是去了对面的零食店干活，因为原本零食店的老奶奶也退休了。从中可以感受到这个家庭内部的时间流逝及新老接替。这固然令人难过，然而也可以从其延绵不断的顽强中获得勇气，我想这也是一种理想的形式。

另外一家在 7－11 便利店对面，由一对夫妻打理的几乎只有房檐下的空间。每次去买东西，他们都会与我聊些闲话，或是给我儿子煮好的玉米，或是一起数找零的钱。因为几乎每天都打交道，所以大叔生病倒下后，我有些失落。之后菜店时开时关，很不稳定，让我隐约感觉不久之后那家店应该就会彻底关门。

有一次，他们的女儿通过推特给我发来消息。不愧是那对热情的夫妇生的女儿，聪明又温柔。那个时候听说夫妻俩都还精神，我也放下心来。

他们的店关门之后，我才发现那个地方真的是如此狭小，每次路过那里，想起夫妻二人不管严寒酷暑，在几乎室外的地方做着生意，都让我为之心头一动。那里曾经总是灯火通明，各种蔬菜摆放得整整齐齐，仅此就给街头添上一笔浓浓的色彩，让我感觉那里非常宽敞。现在我真切地感受到，那原来是因为人的力量。

这样的光景明明还印象鲜明地留在我的脑海当中，然而那条小路上却再也看不到当初那家菜店了。

现在，家里缺点什么东西时，比如没了紫苏，或者缺了水果，想要买点橘子之类的水果时，我就会去超市。因为附近新开了两家超市，买东西变得更加方便了，整个购物过程基本上不用接触任何人，在忙碌的时候特别省事。然而我却感觉有些寂寞，心里好像少了些什么。我还没习惯周边的风景在这么短的时间内变得面目全非。

如此想来，搬到这里以后，街上消失的东西难计其数，让我不禁愕然。

儿子和我只有星期天可以整天待在一起，我们早上慢悠悠地起床，吃完午饭后，一直漫步在下北泽的街头，直到傍晚电视里开始播放《海螺小姐》。当时的店铺现在差不多都已更名易主。

我曾经常和人相约在下北泽车站南口碰面，那里的星巴克和罗多伦咖啡现在也消失了踪影。

从车站出来，走上楼梯通往北口的通道也变得截然不同。

那个时候，附近有一处我很喜欢的庭院。他们的玄关前放着一大盆芦荟，院子里有一棵高大的香橙树，还有一条拼命守护着这家人的可爱的混种狗。我感觉那家人完全像是昭和时代典型的家庭，由母亲守护着一大家子。

最终，那家的母亲病倒了，狗也去了天堂，我眼看着那一家人都变得有些消沉了。

最近，听说那位母亲在经历了与病魔长期的斗争后，撒手人寰。明明与她素未谋面，我却感到深深的悲伤。

回想起来，对我们母子而言，那位母亲打造的院落是我们散步途中无可替代的亮点。

但我可以把这份心情记录下来。

用散文，或者换个形式保留在小说里。我不敢说是永远留存，因为不知道今后是否还有人信奉

“书之神”，更何况我的存在也是那么微不足道。

然而，能稍微留下那些确实存在过的，不言不语默默工作的人们的身影，对我而言，就是这份工作的一大喜悦。

年龄越大，在同一个地方待的时间越久，我就越能看到层层重叠的风景。要是再过些年，想必还会有更多记忆中的影像重叠。

那个点菜困难的沙丁鱼店（笑）也不见得会永远在那里。如果有一天那家店消失了，每次路过那里时，我一定能看到那家店的影子，看到坐在靠窗的位置上和朋友一起欢笑的年轻时的自己。

我想，一定有很多人是通过音乐或电影，在自己的过往中找到这样的心情。

而我，基本上是通过书籍。

不一定是小说，在我人生的每个时刻，都有让我为之怦然心动的书籍陪伴左右。如果没有书，我应该就不会遇到一起制作小册子的内沼先生、大西先生以及小舞了，也不会有大家一起做的小册子，以及以小册子为原型的这本书。大家平时工作繁忙，做小册子也赚不到钱，却还是每个人出一点力，坚持不懈。这个看似和现在的时代背向而驰，甚至好像儿戏一般。但是，我认为正是制作这种东西才是我们小小的反叛，是自由，是表现我们过去磨炼出来的强大内心的重要之举。

如果在大公司，早在企划阶段发现难以盈利的话，就根本不会再进展下去。也可能为了追求利润费尽心思，动用销售部门的力量到处推销。

手工制作的小册子放在那里出售，偶尔路过的人愿意掏出钱包不就够了吗？坚持这样做能有什么好处？不，完全没有。可能只是让我们的内心更加强大吧。

最多也就是让自己有勇气在很难点到想吃的菜色的餐厅里，不抱怨也不争吵，而是一边和店员愉快地斗智斗勇，一边不服输地笑着坚持自己点的菜品。

那又能怎样呢？不，完全不会怎样。偶尔还是吃不到自己想吃的东西，说不定只是把自己搞得疲惫不堪而已。

然而，就算这样也好。或许这正是一种拯救人的力量。

人生中形形色色的时代

别看我这样，但其实我很少回顾过往。

因为总是忙忙碌碌，我一刻也未曾停下前进的脚步。

然而，因为工作的关系，我的脑海里总是保留了各种各样的场景。就仿佛真空包装般锁住了当时的空气、风中的味道，甚至是当时的心情。

因为记忆里那些树木的种类以及天空中的云彩总是不够具体，所以我勉强成了小说家，却永远无法成为证人或者影像制作人（这都是什么奇怪选项）。

最重要的是我想描写人的心理感受，所以才选择写小说吧。

在如今这个时代，小说家基本可以算珍稀物种，尽是些应该保护起来的人。

仅仅是一点点差错，就改变了一切。我想世上这样的事情应该不胜枚举。

对我而言，这次搬家就是如此。

之前住的地方，勉强可以算作在河边。

附近的确有一条人工河，但更重要的是家门前那条直到深夜仍车水马龙的道路。我的心情和那个空间，总是处于活跃状态。

所以我很难深度睡眠，不知道哪条神经总是处于绷紧的状态。家中出出进进的人也络绎不绝。

在那里，我经常忙得连坐下喘息的空闲也没有，写作的时候内心也无法平静，时刻有一种匆匆忙忙的感觉。当然也可以说那里充满了活力，但我认为那是一种肾上腺素不断飙升，内心异常慌张忙碌的感觉。

想必那样更适合养育小孩。

当时，我白天总是很忙，孩子隔三差五地发烧，加上很多事情要瞒着年迈的父母，又要去医院探病，又要回娘家去看他们，工作只能留到深夜完成。

我用来工作的房间的对面有一位老奶奶，直到她病倒之前一直住在那儿。她的生活昼夜颠倒，凌晨三点也总是明晃晃地亮着灯，让我很安心。正好我的母亲也差不多是同样的生活状态，因此我很了解经历过什么才会变成那样。

晚上不睡→直到清晨→白天一直睡觉，于是晚上又难以入眠。

周而复始，与其说是晚睡，倒不如说是经常通宵。

加上母亲患上认知症，所以谁也劝阻不了她。

这种情况下，母亲觉得上午去医院也很痛苦，于是干脆再也不去医院了。因为不出门，时间安排就越来越随心所欲……

想必对面住的老奶奶现在也是那样的状态吧。

我每天晚上看着她的灯光总是会想："至少她高兴就好。"

偶尔老奶奶会在凌晨两点钟打开窗户，若无其事地给窗边的花盆浇水。我曾挥手向她示意过，可能因为夜色太暗，所以她也未曾注意到我。

有一天深夜老奶奶突然病倒，救护车来了以后，救护人员打不开房间的门，只好动用了云梯，动静特别大。老奶奶被接走之后，那扇窗从此再也没有亮过灯。

最让我感伤的是只能眼睁睁地看着她家窗前花盆里的花草不断枯萎，却爱莫能助。

老奶奶还在时，那些植物总是生机勃勃，枝繁叶茂。

对面二楼的窗户和我隔着一条公路，因此我也没有办法擅自浇水。我只能每天眺望，眼睁睁地看着那些花草彻底枯萎。

不知为什么，我感受到一种事物走向终结的美的过程。

这很快会降临在我父母身上，总有一天也会降临在我身上，类似一种慢慢走向消亡的哲学。

并不是所有的东西都要枝繁叶茂、充满生机、打理得井井有条才好。

这就是我当时的感觉。

也正是那个时候，母亲开始出现一些认知症的迹象。有一次，我和照顾孩子的保姆相处得不愉快，大吵一番之后，我辞退了她，因为母亲也认识那个人，所以我打电话向母亲哭诉。

我很少对母亲撒娇，但偶尔也会像个孩子一样撒个娇。我人生中差不多有三次这样的经历，当时就是其中一次。我清楚地记得那个深夜，在之前住处的一扇窗边。

我一边嚎啕大哭，一边对母亲说：

“妈妈，你千万可别死啊，你可得长寿啊。”

虽然母亲那时已经开始有一些认知症的症状了，不过估计当时也很无语。

她说：“我会努力好好活着的，不用担心。”

母亲的话语现在还清晰地回响在我的耳边。

之后母亲渐渐卧床不起，连最喜欢的酒也不再喝了（但是离世前一天晚上却一直喝兑水的烧酒直到天明，令我吃惊。她的肝脏始终非常健康。这点我很想向她学习），每天的生活只有看电视然后睡觉，但她还是活了很久。应该是为了遵守和我的约定吧。虽然她的生活已经没有任何乐趣，索然无味地日复一日，但仅仅是一直陪在我的身边，我已然感激不尽。

在窗前通宵工作的时代突然就结束了。

那个父母还勉强健在、孩子年幼、夫妻和睦同心、家里经常有很多人出入的时代。

那个时代有那个时代的优点。

这些全是我在下北泽前一个住处留下的回忆。虽然现在离得也并没有多远，但感觉一切都是很久以前的事情。

对面人家种的蔷薇出奇地漂亮，不断地绽放紫色的花朵，斜对面房子里的杜鹃花茂盛地织成了一面花墙，我自家小院里小梅花、小樱花相继盛开后，接着是红色和粉红色的山茶花盛开的光景，所有的一切都鲜明地印在我的脑海里。

现在经过那扇门时，我偶尔仍会想象。

要是一推开那扇门就能立马回到那时的生活就好了。

要是能看到襁褓中的儿子，刚当爸爸的老公，还有偶尔过来帮忙照顾孩子的保姆的笑容该多好啊。要是那条死掉的老狗，还有现在已经成为老爷爷的猫咪还能朝气蓬勃地坐在台阶上迎接我的话，该有多开心啊。

从宽敞的客厅总是可以看到很多树木，仿佛置身于乡下的别墅一般。

在那个略显昏暗的厨房，我曾做了许多饭菜与便当。

走下坡道便是小舞一家之前住的地方，她为了迎接新的家庭成员已经搬走了。抬头发现窗户里亮着灯，我想，如果能一边想着“啊，今天小舞也在家”，一边出去遛狗就太美好了。

搬离之前的住所并不是我自己的意愿，而是因为房东的个人因素，才不得不慌乱地搬出来，因此我会永远恋着之前的家。

当然也并不是一直怀着那样的感伤。

我总是会发现属于当下的欢乐，到了新的地方也会不断地发现新的乐趣。

但是，再也没有办法回到那个时候了。

虽然近在咫尺，却已时过境迁。

我想，那时的我一定对此早有预感。

在之前的家里时我总会感到一种不知从何而来的难受。这样的生活什么时候会结束？什么时候会和这个家说再见？我很明白这个房子是喜欢我的。这样说好像会让人觉得我脑子不太正常，但我知道房子一直在试图挽留我。

所以就算是在擦地板的时候我也总是有点悲伤。

明明离开的预感已经迫近，我却只能装作视而不见，这让人很痛苦。

我至今仍不明白，事态发展成那样应如何面对。

是应该早早地离去，还是一拖再拖呢?

就像对面住的老奶奶在某天夜里突然倒下，就像我父亲发高烧，被抬进医院之后就再也没有出来，就像我母亲有一天沉睡着就离开了这个世界，人应该如何看待突然来到的那一天，我想可能谁也不知道答案。

所以大家才会说“不留遗憾地活着”“活在当下”之类的话吧。

我能做的，只有在有生之年将那个深夜窗前穿着漂亮的睡衣给花草浇水的老奶奶的样子，一直留在记忆里。

不管怎么说，有一个让人想回去的幸福场所是好事。

还有，虽然也不是什么重要的事，在这次搬家的过程中我发现，在这个时代已经形成一个完美的机制，要是经济实力没有达到一定程度（我当然没有。因为作家这行并不赚钱），即便是自己盖的房子，也没有办法随心所欲。

我小的时候，人们只要自己盖了房子，之后想要怎么折腾完全是个人自由。我以为大家都是这么认为的。

我认识一位很有品位的木匠，我委托他在新房子前面做一个木制的平台，并且打通隔断，但他刚刚做出一个感觉很不错的木框架，被房地产中介看到后，中介就表现出一副欲言又止的样子，我就问了缘由。

他告诉我，如果过于随意地改动，导致和原来的状态相差甚远，万一施工的时候发生什么问题，就会超出房屋原有的保修范围，没有办法获得免费的维修，那样会很麻烦。所以尽可能地不要找自己认识的木匠，而是委托包含在保修范围内的原来的施工队重做。

我已经不再年轻，有点圆滑，得过且过，实在无法为了几年后房子因为地震或是火灾造成的破损，放弃自己所剩不多的生活乐趣。如果新房子不是定制的，而是直接购买的现房的话，我完全可以接受这种规则，不会去追求个性，但现在我无论如何无法忍受不自由。所以，我决定由着自己的心意来，而不去考虑几年内的保修。当然，要是有什么东西坏了，我还是打算找原来的厂家修理的，但再往后的事情可就无法预知了。

半年后，定期检查的人上门后，让我彻底明白了是怎么一回事。

建筑公司完工之后也会经常派人来定期检查，如果有什么问题会进行修缮，这也是包含在工作流程之内的。现在这个时代，不这样做公司就没法经营下去。

他们真不容易，这套流程却让我想起另外一件不相关的事情。

我之前经常去一家气功治疗院。那是一家由某个宗教运营的地方，除了从中国请来的气功大师外，前台以及其他的师傅都是那个宗教的信徒。那家气功治疗院后面就是一家普通的医院，那家医院也是他们经营的。

那些人都十分亲切，甚至比一般人还要纯粹，因为有着相同的志向，他们的关系看上去非常融洽，氛围也绝对不差。只要加入那个宗教，就能交到朋友，甚至找到适合自己的工作，也能认识一些税务师、律师、医生，找到属于自己的伴侣，拥有安稳的一生。

虽然我曾有一丝丝羡慕，但那样的人生只会让我感觉压抑。

因为将来的事情真的难以预料，就连我自己也都无法保证今后是不是能一直保持同样志向。并不是说我有着前卫的反抗精神，我只是觉得如果连自己都靠不住，却要赌上人生去相信别人的想法，我实在做不到。

有一个可以让人放心的制度，一定程度上一

生都会得到制度的庇护，但超出一定的底线就会完全失去庇护，所以必须要老老实实地保持和大家都一样。这样的氛围就是如今日本的标准状态。

从摇篮到坟墓，一切都差不多是这种感觉。

我完全没有想让认为这样就好的人赶快醒醒。如果对他们来说是合理的，又能做想做的事情，那就完全没有问题。

只是我个人单纯因为“没有意思”，所以无论如何也无法成为那样的人。

说起来，我总是无法融入那样的圈子，然后和同样没有融入的人成为朋友，用我们的智慧勉强活到现在。至少我是这样想的。虽然我是那么微不足道，然而我知道有很多厉害的人物也在自行决定各种各样的事情。

我想，选择这种活法的人会越来越少，所以我只能默默地生活下去，也没有想大声宣扬什么。

但是当我坐在我擅自修建的天台上喝着啤酒

时，我会感到无比畅快。我母亲最后一次住院的时候还说：“等我出院以后一起尽兴地庆祝一番。”真希望自己以后也可以经常这样说。

奥特曼和假面骑士

听说“二丁目三番地”这家怀旧玩具店的老板突然去世，我们一家人着实震惊，也很难过。

虽然我和老板的关系并不是很亲密。谈到兴趣以外的话题，他有时会相当偏执，加上现在孩子的兴趣已经转到了游戏上，完全不再要什么模型或是过去的动漫周边产品，所以渐渐地疏远了那家店。

像这样自然地疏远是无可奈何的。然而那家店的老板还很年轻，我一直认为那家店会一直在那里。

我一直暗自以为就算我们夫妻变成老爷爷老奶奶，那家店还是会一直在那里，保持着老旧的模样，我们偶尔觉得怀念，走进去转转，和老板聊聊天。

听说直到去世前他还一直在店里工作，我想这也算是善终的离开方式吧。我也不清楚详情，这样说可能也不太合适。

但是，他在临死前能被自己钟爱的物件包围着，并且店也没有关门，没有久病卧床，真的是非常了不起。

有一天，店外紧闭的卷帘门上贴出了老板妻子写的纸条，上面写着老板是模玩店铺的首创者，因为他一直从事自己喜欢的工作，所以很幸福。读着读着我的泪水浸湿了眼眶。

因为我真实地感觉到，那扇我曾多次穿过的透明门，已经在卷帘下永远地关上了。我以后再也没有机会进入那家店了。

现在正在播放的《假面骑士》以及差不多五年前还在每周播放的新版《奥特曼》，对于还很小的孩子来说，电脑动画特效太过强烈，包含了太多的现代风俗，音乐太过华丽，玩具广告的植入太过明显，英雄人物太多，变身太过麻烦，我家孩子好像也没有追着看。

时至今日，儿子已经完全长大成人，就连电视里正在播放的新剧都没有在看。他二到五岁时，真的是每天反复观看《奥特曼》系列和《假面骑士》系列，甚至让我觉得他的脑子是不是出了问题。

最开始的时候是孩子他爸抱着怀旧的心情观赏，因为内容简单又好懂，儿子慢慢也着了迷。

可能是这个缘故，儿子才会知道很多关于昭和时代的冷门知识。我想现在很少有小孩子像我的儿子一样，知道那种顶上像喷泉一样流出果汁的橙汁自动贩卖机，那里面其实完全不含果汁。

详细说来，我曾经热衷于跟着电视节目收看《假面骑士》，一直看到《假面骑士 V3》。从《假面骑士亚马逊》开始让我感觉好像有点不太对劲……于是从那之后我就放弃追剧了。

关于奥特曼，一直到《艾斯奥特曼》为止，我都怀着很大的兴趣。我基本不了解后面出来的泰罗和雷欧，再往后的英雄对我而言，看起来长得都一样，我差不多是那个年代的人。

所以，在儿子开始收集泰罗和雷欧的二手DVD时，我才第一次看了那些。成年之后再看，虽然内容显得太孩子气，太过乐观，但多亏了泰罗，我第一次稍微知道了一些M78星云人的生活，有点开心。亚马逊风情的腰带造型很漂亮，连我都想要一条。

从那以后，《奥特曼》里不再有日本人的身影，《假面骑士》也开始进入一个阴暗的世界，感觉好像是日本大学艺术学部电影专业的毕业作品一般，我至今依旧不太了解那部分内容。

现在，《奥特曼》和《假面骑士》都出了电影版，各种新旧交织，版本多得惊人，我完全跟不上个别的剧情。留在脑里的印象仅仅只是出场人物非常多而已。

我和儿子一起翻来覆去地看了很多遍《奥特曼》和《假面骑士》，所以，我想那段时间是我一生中看特摄剧最多的时候，比我自己童年时看过的还要多。

当时每天花了大量的时间在上面，我甚至想，还好他们没有发展成战队（因为人数真的多），感觉自己快要被什么东西洗脑了。

不过，我也因此回想起自己小时候看过的一些怪人或者是外星人的故事，增加了一些关于他们的新知识，让我很高兴。儿子一天天长大，慢慢地会说出原来不会说的话，能理解原来不能理解的话。感觉是他们和我一起培养了儿子，我当时甚至想会不会就这样，一辈子都在和儿子看《奥特曼》和《假面骑士》?

我和儿子每天会去散步，去玩奥特曼和假面骑士的扭蛋机，要是抽中了喜欢的怪兽或是外星人、英雄，我们会一起高兴。有钱的时候会去一家叫SUNNY的有名的模型商店，隔着玻璃窗欣赏一下，偶尔也出钱买一些价格不菲的模型。超合金的假面骑士甲斗王和奥特曼富士明子队员的模型至今还完好地摆放在我的房间里。是不是有点傻，我真的是被深深地迷住了……

名叫“蛋包饭”的那家玩具店虽然很好，但是和孩子一起去的话就有点贵了，因为店面狭窄，孩子很有可能会搞坏什么东西，我只会在行李比较少而且非去不可的时候才会去。

还有，那个时候露崎馆还没有关门大吉，我经常是在里面逛一圈儿二手玩具店后，再去三毛猫舍喝点咖啡、香草茶或是果汁，那家店现在也已经搬到了其他地方，改名为 COFFEA EXLIBRIS。或者我会以一种好像自己在巴黎的心情，在一楼的 Les liens 享受一顿时间尚早的晚餐。

最后我总是会去二丁目三番地。虽然那里没有新出的人偶，但总是会淘到很多二手宝贝。比如过去的软塑料小人以及保存完整的老玩具。价格也并不贵，感觉有各种各样的宝贝随意堆在那里。不管是珍奇的物件，还是破旧到让人不禁怀疑这样的东西居然还在出售的物件，价格都出奇便宜。

老板经常对我儿子说：

“我想以后你的兴趣就会转到游戏上了，但是你现在就知道自己想要哪个，对哪个没有兴趣，然后做出自己的选择。从小就能自主选择自己喜欢的东西，真的很厉害。等你长大以后，我想你也一定能选择自己喜欢的事物。”

并且，每次在店里买点什么以后，不管东西多么便宜，老板都会让儿子抽奖选一个小玩具，并且耐心地给儿子介绍玩法。

现在网络上可以找到许多地地道道的，过去的稀罕玩具，有的甚至是没有拆封过的新品，也有修整得很漂亮的老物件。二丁目三番地却不是这样的地方。要是打个比方的话，就好像是邻居的大哥哥家里有很多玩具和人偶，从美国的漫画角色到日本的英雄角色琳琅满目，但全都是大哥哥玩过一次或者是从其他地方便宜收购来的，所以能够随意触摸，当然也可以淘到很多宝贝。在那里有位大哥哥可以一起聊天，还会赠送给你一些你看中的东西。这就是二丁目三番地给我的感觉。

后来我儿子真的迷上了游戏。有一次收到熟人送的未拆封的假面骑士时，老公和儿子说要免费送给二丁目三番地。但店主却不同意，一定要出钱买下，还让儿子又抽了一次玩具。

除了路上的偶遇之外，那是最后一次和他打交道。

那条路上再也不会有他收集的不明所以的老玩具和旧唱片摆满整个路面了。

再也看不到很多人随意地聚集在那里，愉快地畅谈过去的回忆。

我想，店里的经营情况绝对不容乐观，因为本身并不是什么赚钱的生意。随着网络的普及，大家可以在网上买到想买的一切，所以时代的潮流对他来说并不友好。然而正是因为时至今日，随心所欲地摆出自己喜欢的东西来售卖的方式在慢慢消失，那家店才让人格外怀念。

现在那个位置变成了一家普通的餐厅。虽然店面明亮，感觉很不错，但我好像至今仍能看见二丁目三番地的影子。从街道的风景中逐一消失的那些老店，就像残像一样留在了我的脑中。

我对于《假面骑士》的印象停留在月骑，对于《奥特曼》的印象停留在麦克斯，就没有再更新过。估计以后也不会再更新。

我属于小时候第一次看了《假面骑士》就迷上本乡猛的一代人，《奥特曼》则教会我有可能真的有外星人的存在。

成年后，每当我遇到了海外的通灵师或者超能力者，听他们说起猎户星人或是拯救地球的外星人来到地球和人类一起生活的事情，或是看到混合了虫子基因的怪人相关的电影时，我丝毫不会觉得不可思议，可能多亏了《奥特曼》和《假面骑士》。

倒不如说完全没有感到有任何违和感的自己更不可思议。日本人对于灵异现象接受程度之高，让人觉得害怕。我们日本人一直以来认为这个世界上可能有比人类更加聪明的异形人或外星人，他们会充满爱心地帮助尚未开化的日本人。是不是很离谱?

我的英雄即使永远不再更新，我也永远不会忘记那些日子。

那些下北泽还有二丁目三番地的日子。

那些和儿子每天沿着黄金路线散步的日子。

那些和老公、儿子唯一共同的话题只有超级英雄的日子。那些一去不复返的时光。

但是那些日子想必会以另外的形式出现在我的人生中。

虽然我并不是那么喜欢这些东西（但是，因为小时候看过那么多，我想应该比一般的母亲更加了解），却配合儿子的观赏速度和视角花了大量的时间去看、去听、去四处搜寻。在能力允许的范围内给儿子花些钱在这上面，并且尽可能和他一起乐在其中。

如今我们能够在同一个家里各自做自己喜欢的事情，对于当时那个非常想拥有自由时间的我来说，应该是要高呼“万岁”的。我在这个系列的文章当中反复说过，只有试着彻底地配合对方，或做出让步，一起度过一些什么都不做的时光，才能留下许多美好的回忆。

现在回想起那些日子，居然如此深刻美好，让我自己都有些惊讶。

我想自己无论多么努力地追逐自己喜欢的事情，应该也不会留下太多回忆。

正是因为有了这些美好的回忆，现在才能深刻体会到，今后人生中可以做自己事情的时间多么难得，多么令人喜悦。

我现在已经过了生孩子的年龄，也不会在谁的手下工作。那段需要配合变回老小孩的父母的岁月也彻底画上了句号。

然而我想，今后我也可以每天花一点时间，伸出自己的双手，一边说“请便请便”，一边给予别人一些什么吧。有的时候是给家人，有的时候是给朋友，哪怕只是一点点而已，我也想要这样做。

即便金钱或是肉体方面的给予不是那么容易，但是至少时间和心情能随意给予就好。

这样一来，乍看好像时间会减少，实则是在不断增加，自己乍看是在被消耗，实际上却越来越丰富，我感觉自己还会遇到这些让人不可思议的事情。

那一天的 PIRKATANTO 书店

下北泽曾有一家名叫 PIRKATANTO 的书店，那家店持续的时间像梦一般短暂，如同昙花一现。

那家书店里的书可以直接购买，也可以坐在店内阅读。店里还提供可口的饮料、酒类和健康好吃的料理，它的菜品虽然并不属于任何国家的菜系，却很精致。贴着瓷砖的漂亮吧台，坐起来也很舒服，很多东西混乱地放在吧台里面，但不知道为什么那里又没有“别人家”的那种感觉。虽然像这样的店铺在京都等地方城市有很多，但在下北泽却难得一见。一定是因为下北泽的租金太贵。

如今 PIRKATANTO 会在一家名叫扉的店铺的公休日里，借那里的店面偶尔营业，我每次去时总是人满为患，因此还未曾进去过。扉是一家非常不错的店，但可惜店内没有书。

总之我就是喜欢书。

沉浸在书的海洋里有多么幸福无需多言。

之前，我读过一本国外关于断舍离的书，书中提到如果有人在床边堆了很多书，往往会把书当成恋人，导致情路坎坷，让我觉得特别好笑。我想，书要是恋人的话，就再好不过了。

最近我去了之前就很想去的一家位于京都，名叫山之叶的店。

那是一家由夫妻二人经营的店铺，二层是理发店，三层是咖啡店。那对夫妻是我朋友的朋友，在我朋友困难的时候，曾得到了他们的全力帮助，听说了这段感人的事迹后，我就想着总有一天要自己去看一看。

去那里的前一天，我的腿在那须被虫子叮了十几个包，肿得夸张，而且那天我还有些发烧，精神有些恍惚。店里的人也是我的读者，因为我的突然出现，他们吃惊得有些不知所措，我们彼此不多不少地都有些恍惚。

儿子坐在靠窗的座位上，给我京都的朋友表演魔术。两人咯咯咯的欢笑声犹如甜美的音乐，回荡在手工装修的店内，绝不会引起任何人反感。我一边喝着美味的咖啡，一边惬意地品味书架上拿下来的柴田元幸先生制作的 *MONKEY* 杂志。身边是我重要的助手，他们在谈论脚边的小窗吹进来又从入口出去的微风，还有小窗附近长势不错的植物。

这一切构成了一个理想的午后。

让我忘记了自己身处遥远的京都，忘记了自己许久未见的朋友，忘记了自己是初次造访这家店。我想这应该就是远离日常的旅行中最美好的瞬间。

小小的书架和窗边摆放满了我喜欢的书。书就是我的恋人，所以无论身在何处，只要有书，我就会非常幸福。

那本 *MONKEY* 的第三期是我最喜欢的恐怖绘本的特辑，里面还有对国外出版行业以及优秀编辑们的采访。我经常听人说，如今这个时代，出版行业的萧条和电子书的普及带来了种种变化，日本的企业在资金方面越来越保守，离艺术越来越远，我自己也受其影响，心情着实郁闷。但是这种心情，只要在好的环境中读到好的内容，就会慢慢消散。“年轻人能够分辨什么内容适合数字化，什么内容必须要读纸质版。城市之光这三年的销售额一直在刷新历史纪录。”

旧金山著名书店城市之光的书籍采购人员的声音如此铿锵有力。

读到这里，我想起了制作出这本精彩杂志的柴田元幸先生那知性的笑容。

日本也有同样喜欢书，对于希望在书中追寻的内容有着同样看法的人。下北泽有 B&B、气流舍这样的书店。还有七月书房。还有很多其他很好的书店。一家一家地逛下去，你就会发现那里的书好像是美妙的艺术一般，展现出店主的内心世界。我想，书的存在一定是来拯救我们的。

我们仅仅是被割裂，被煽动让彼此间不友好而已。被谁呢？那自然是拜金钱为神，总是考虑如何高效地榨取市民的那股力量。与之恰恰相反的则是充分地展现了个人精神世界的咖啡店、书店以及店里的书籍。我十分清楚这是渺小却最可怕的嫩芽。日本的自由经常把事物扼杀在萌芽阶段。

我无意否定操控这个趋势的力量。因为我们仅仅是人生观不同而已，他们也有按自己想法活下去的权利。就像我喜欢空间窄小、精致干净、提供宾至如归的服务的酒店（虽然晚归时，酒店的工作人员全都睡了，或是洗澡时突然没了热水，浴盆太狭窄），那些一切按照规矩，让人无聊到窒息的高级酒店也一定有属于它的精彩历史，以及服务、维修方面的诀窍。

问题是如何取得两者的平衡。如果不能很好地保留我们这一边的势力，那么创意和艺术就会消失，人的精神就无法长存，最后地球也会毁灭。长久以来欧美在这方面保持着良好的平衡，顺利地运作着，但日本只是刚刚起步，我们只能时刻保持一个战斗的状态。

那本杂志的最后是村上春树先生关于《我的职业是小说家》的演讲记录，其中有一些“关于原创性”的内容。村上在日本曾经历过的各种各样的艰辛，都是我也曾体验过的。假如对此耿耿于怀，小说的生命难免太过可怜，所以一路走来，我都没有太在意，然而这些事的确谈不上开心。我在阅读的过程中好几次都忍不住落泪。我们平时不会见面，也很少联系，正因为这样，我才感觉我们果然是同志。虽然他远比我资深，但也是我的同志。他让我体会到这样的人是毫无疑问存在的，我并不是孤身一人。

这些全部发生在这家叫山之叶的店里，深深地打动了我，铭刻在我的历史之中。

我想这就是个人经营的咖啡店的奇迹。

创造出了一个能够给人如此感受的空间。

我想这样的场所堪称作品。

PIRKATANTO是在东京难得一见的书店，可以说书店本身就是真正地表现出了个人思想的精彩作品。当我第一次看到店里的书架时，因为上面陈列了太多我的作品，让我很惶恐。虽然我偷偷地在书上签下了自己的名字（太过分了），度过了快乐的时光，但能把我的书和那么多优秀作品放在一起，真的只能让我惶恐又开心。在美好的地方看到自己的书，我想对作家来说是最大的喜悦之一。

边上还一起摆放着很罕见的冲绳玻璃、漂亮的香皂等等。

仅仅是一边喝着店主优子制作的美味果汁，一边翻看和自己的书摆在一起的优秀书籍，就让我感觉无比幸福。哪怕店里客人再多，优子也从来不会慌乱。

假如是我看到密密麻麻地坐着那么多人，都在饥肠辘辘等待晚餐，我一定会手忙脚乱，人生每天如此的话也太过辛苦了。但优子却并没有手忙脚乱，一件一件应对得非常从容。

我一边想着优子真不愧是在十胜那样宽广土地上长大的人，同时从她的从容镇定中感觉到一种美。优子制作菜品和饮品的手一刻也没有停歇，但即使是对久等的客人感到抱歉，她也不会过分卑微，神情始终淡定。她绝不谄媚，虽然会让客人等待很久，但优子制作出来的食物一定不会失手，大家可以明显感受到她的决心。

优子制作的菜品具有一种独特的风味。餐具并不是十分讲究，却与出锅的菜品相当般配。

记得有一次我去得比较早，优子帅气的弟弟和他的朋友正在吃不知道为什么没有出现在菜单上的火锅。热腾腾的火锅和他们一边道歉一边敏捷地把火锅撤回吧台的样子，让人觉得非常可爱，我不禁感叹这真是一家不错的店。包括这样的氛围在内，全都是这家店的一部分。

有一次，我和朋友一起去 PIRKATANTO 书店，正好那天在搞活动可以做按摩。后来我才发现按摩师路津子原来是一个朋友的朋友，她给我们做了脚部按摩。出生于大岛的她，双手黝黑而有力，同时兼备作为母亲每天照顾孩子的温柔，她彻底地赶走了我和朋友脚部的疲劳。我和朋友轮流接受按摩，等待的时候喝着有益健康的酵素果汁，选一本喜欢的书，一边品读一边点头，悠闲的午后微风吹过，客人们进进出出。其间总是能听到优子沉稳的声音，让我切实地感受到这样打发时间的方式，不见得在大城市里办不到。相反即便身处幽静的森林，如果心情急急躁躁，就无异于置身城市的喧嚣中。

那个时候我和朋友因为一点小事，关系有些别扭，不知下次何时才会再见，说不定从此关系变得很尴尬。因此，那个下午更显得伤感而珍贵。

之后，我又和别的朋友去了 PIRKATANTO 书店，那天没有活动，也没有见到路津子。回想起来还真怀念她的那双手。

那天吹着的风同样的舒畅，果汁同样的美味，让我想起了之前来时的情景。当时在一起的朋友也是温柔、豁达的人，所以我的心情轻松自在。单纯地感觉有朋友真好，真舍不得分开，果然闹矛盾还是不好啊。

在那么吵闹的商店街正中央，明明并不是什么宽敞的空间，我的内心却感受到很多东西慢慢流淌而过。

从容思考，给自己的想法注上标点，那一定会成为心灵的营养。

要是那时没有去 PIRKATANTO 书店，我想，我或许不会和朋友和好。之后也不会和朋友一起品尝很多美食，一起旅行欣赏很多美景。

想起来，真的特别想和优子道声谢谢。

那些喝茶或是饭后发呆时读的书，总是让我有许多新的发现。书被买下前，严格说来还不是自己的东西，因此在自己家以外的地方读书会让人感到些许紧张，所以更容易深入内心。

我非常喜欢中国台湾的诚品书店，在那里大家都坐在地上安静地读书。我想，那个空间一定是在支撑着书的生命。

我最后去 PIRKATANTO 书店的那天，不知为何在原本打算去的书店前偶遇了优子。虽然优子一句也没有提书店要关门的事情，但我想，我们的偶遇也正是某种告知。我和编辑那时正好在商量去那家书店谈谈工作，因为偶遇了优子，于是就随着要去上班的优子前往了 PIRKATANTO 书店。

我想，那个偶遇就是来自书店本身（不是优子，而是“书之神”）对我的告别。

我在那里美酒饱餐，商定了很多工作内容，然后和家人在店里会合，一起幸福地度过了最后的夜晚。

再次经过书店的时候，店里空空如也，只有吧台静静地留在那里。那里已经没有任何生命，完全死去。我并没有询问缘由。我想一定是有股力量不想让那家书店活下去。现代社会充斥着某种力量，对于真切地活着的东西感到恐惧，想要杀死它。孩子们的力量、艺术的力量也在一天天被扼杀。我想其带来的坏处就是实际上人类也在不断地被抹杀。

但愿有一天日本人也能真正地察觉到艺术的力量。在逐渐成熟的过程中，被割裂的伙伴即便天各一方，也能同心协力克服困难。这并不是没有可能。

因为我们还有很多很多可以治愈我们疲惫心灵的美好书店。

天　使

那个时候我正处于无比艰难的困境之中。

因为当时的我正为了生活而竭尽全力，所以自己也并不清楚。但是，现在回想起那时的状态，我会心头一紧，这才第一次清楚地意识到了这点。

因为人在真正的危急关头，只能设法解决眼前的问题，无法更加深入地思考。这时如果觉得自己可怜，就无法应对现实。人或多或少都会有像那样充满挑战的阶段。一个人如果靠自己不能跨越难关的话，就需要周围的人或者医生的帮助，一旦跨越了难关，最好是能够制订好计划，避免重蹈覆辙。

因为人是会学习的动物，任何人的一生都会经历数次这样艰难的时期。

那个时候，我隔三差五地闪腰，不得不经常卧床休息。因为强忍腰痛，含泪入睡也是家常便饭。

因为高龄生育，我贫血的老毛病愈发严重，免疫力也越来越差。每次孩子在幼儿园感冒，我一定会被感染，于是反复不断地卧床休息。

老公的职业是罗尔夫疗法的按摩师，通过按摩刺激人的筋膜。他每次给我按摩后，疗效会持续一段时间，但他工作繁忙，不能经常帮我按摩。

而且，我总是忙得头晕眼花，加上小孩的身体状况还不是很稳定，所以我常常彻夜照顾生病的孩子，经常去医院，因为计划外的事情常常会打乱原先的计划。由于我的工作接连不断，为了排解日积月累的压力，我经常会去喝点酒，而且往往就会喝过头。总而言之，生活一片混乱。即使有时整晚没睡，天亮之后还必须给孩子做便当。在如今小家庭越来越多的社会，这是现代职业女性或多或少经历过的状态。作家西原理惠子也曾有过相同的经历，她给了我一个非常棒的建议：“送孩子上学之后，马上睡一觉。千万不要想着现在是难得的个人时间，于是立马开始工作，首先要躺下休息。”

确实如此，但作为一个需要谋取生计的母亲，我往往因为害怕而无法做到。

我太累的时候，明明没什么事，却经常泪如雨下，仅仅一次外出就要耗费相当多的体力。连选袜子时都会心生厌烦不由得哭出来（总之，就是抑郁吧。然而因为太忙，连抑郁的时间都没有，所以在症状较轻时就自行治愈了）。

明明自己腰痛得无法动弹，明明连去厕所脱裤子都很吃力，在这样的惨状下，老公却为了治疗别人的身体出门工作，让我觉得自己很惨。工作是没办法的事情，但自己处于极限状态时，就算是心里明白，心情上还是无法说服自己。

这种忙碌到几乎要超出自己极限的生活，或多或少地持续了三十多年，而最忙的就是带孩子的那段时间。所以我可以断言，那个时候我要是摔一跤就全完了，没有人能代替我。

那种忙碌只能容许自己体验几年，人生要是不能有张有弛，真的会一命呜呼吧！

不过，我能说出这样的话，是因为我已经不用再做便当了，相应地轻松了一些，我认真地减少了自己的工作，终于恢复到了正常的心情。

如果完全没有稍微休息一下发发呆，无所事事地找点事做打发时间的日子，或者休息时间也害怕闲下来于是拼命工作，那么这样的人生又有什么意义。所以这时最好立刻采取行动，寻求改善方法。如果休息的时候不尽情休息，大脑就没法重新恢复活力。

但因为那个时候不能突然减少工作，我的腰痛和贫血最终是靠着勉强挤出的时间接受罗尔夫疗法和按摩，还有针灸和中医调理慢慢地治好的。

我曾好几次问针灸医生："说到底，我身体最大的问题是什么？"医生总是说："过劳。""嗯？我有安静地休息啊，怎么会呢？"这样想的我可见是病得多么严重。明明自己真的忙得连坐下喘息的空闲都没有。既然医生都说是因为身体过度疲劳，那应该确实如此。但是自己的日程管理只能自己安排。一个成年人应该清楚自己做不到什么，努力一下能够做到什么，并且在此基础上制订自己的工作计划，不然算不上成年人。虽然我勉强熬了过来，现在深刻反省后，我对此坚信不疑。

总之，完全不擅长家务和育儿，愚笨又不灵活的我在四十岁的时候生了孩子，老公工作很忙，父母年事已高完全不能提供任何帮助。在这样的状态下，为了赚取孩子的保姆费、家政工人的费用、房租、父母的医疗费和娘家改建的费用，我真的是在呕心沥血地工作，即使是预算必须自费，我还是拖着满满一箱的纸尿布，带着孩子去国外出差（现在回想起来，完全不明白自己当时为什么那么努力。可能是因为我没有改掉没有孩子时的生活习惯。但因此留下了诸多回忆，也掌握了许多本领，所以努力没有白费），那段时间真的是艰辛又孤独，感觉自己随时可能会昏迷。

有一天，我因为闪了腰，无法独自前往超市购物，附近书店的小哥正巧来我家，于是我问他能不能开车送我。

他爽快答应，送我去了超市。我买了一堆东西，好不容易走到停车场的时候，他正若无其事地在那里等着我。

从那之后，我就时不时地找他帮忙开车。

他的本职工作是我家附近一家名叫 ONE LOVE BOOKS 的书店的店长。

书店里有许多出版于六十年代到七十年代的不可思议的书，空间杂乱无章到让人完全搞不清楚那是他的房间还是店铺（笑）。

但奇怪的是，待在那里让人舒服自在。

他是一个偏执、没常性、好斗的人，却又非常温柔，在判断状况方面可谓世界第一，如果有客人投诉店里，他一定会坚持到对方认输。

他判断状况的能力曾经救过我的命。

大地震的时候，他及时帮我检查了我家的房子和事务所，告诉我哪里的公共电话可以用，哪里的加油站人少。一位朋友因为电车停运，被困在公司几晚，也是多亏了他回到家。

他拒绝固定的职位，是因为他独特的思想和生活方式，不想和任何人捆绑在一起，当然也赚不到多少钱。

我觉得这样不远不近的关系很好，所以一直自然而然地雇他帮我开车。

我和他去了很多现在已经不在的地方，见了很多以后再也见不到的人。我们共有许多无法替代的珍贵回忆。

因为他稳定的驾驶技术，我总是难以置信地熟睡。我甚至觉得，那段时间的睡眠几乎都是在他驾驶的车里补足的。

他的书店今年也关门了。

这意味着下北泽的书店又少了一家。

儿子还小的时候，我几乎每天都会顺路去他店里。喝一杯茶，买一些小东西。他会让儿子涂油漆，或者单独带着儿子出去玩，尽情做想做的事。现在附近像这样的店铺本身就很罕见了，他让我们度过了一个美好的时代。

周围的人经常以为我是那种怀念往昔生活的人，但其实并不是。

他总是希望回到过去的生活，我想在这个问题上我和他应该合不来吧。然而，待在他的书店真的相当舒服，就好像在自己的巢穴一般。

我认为既然要改变就要任由其变，如果人类无法适应变化，是因为人类原本就本领不济，怪不了谁。机器人工学以及生物技术之类的东西，如果不破坏自然，又有益于地球和人类健康的话，这样的科学应该不断地进步。

如何保护环境是一个很重要的问题，人类应该穷尽智慧去解决，也应该花时间慢慢取消核电，但我并不想回到过去。

只是，我有数不尽的怀旧情结。

就像过去姐姐住在京都时，那里有木制的不知道是做什么的店铺，里面有书但杂乱无章。可以在店里喝茶读书，倾诉烦恼，可以听音乐，也有乐器，偶尔还可以点起篝火烤红薯，孩子们可以随时顺路进去玩。昔日街道上有几家这种店的时候，生活比现在更加轻松悠闲。

现在，如果没有企业的力量，过去那样的店铺已越来越难存活下去。

一旦有了企业的力量，店面无疑会变得更加气派。我也喜欢这样的店铺。

但少了那种虽然是走进店铺，却像是回到巢穴的心情。少了那种自由又狭窄的感觉，以及某种不适感。

我想，这些东西应该都不会再有了。

那些令人怀念的脏兮兮，到处是灰尘的样子，还有待着不舒服的感觉。

连店主都不知道东西为什么摆在这里的摆放方式。

这些东西应该也已经从这世上永远消失了。

再见，我生活过的那个时代。

我想，既然我活着，不如就尽可能愉快地接受变化。

不过，绝对不能忘记我们那个时代的骨气，一定要把它传承给年轻人。

和他一起度过了太多时光，以至于我知道他的各种事情。特别是通过在工作中的接触，让我可能比他历任女友都更清楚他的优缺点。

我永远无法忘记他毫不吝啬地介绍朋友给我的开朗个性，即使没有装防滑链也能安全穿越茫茫大雪的出色驾驶能力，还有稀里糊涂地打发投诉的客人时天下一绝的手段。

在他一边开店，一边偶尔给我开车的这段时间里，我父母相继过世，还有一位好朋友也去世了。

那段时间，姐姐因病需要动手术，父母亲也住院，我自己得了两次流感，还患上中耳炎，一天内要辗转好多家医院，如果没有他会怎么样？单是想想就会后怕。

我先是去医院看望父亲，然后再去同一家医院几栋楼外的地方看望母亲，凑合着吃碗拉面或者荞麦面后，再去另一个医院看望姐姐，接着再去内科诊所和耳鼻科诊所给自己看病，经常是一天之内忙得团团转。除此之外的时间，我都处于熟睡之中，幸亏有他帮我开车，总算熬过了那段日子。

我得知父亲已无法康复后，每次去医院探望出来时，总是满眼泪水。当时他总是会在医院门口等我，我曾无数次被他的身影救赎。

之后的情况越来越糟，父亲去世时，去机场迎接我并送我回娘家的是他，接送我去守灵和送葬的是他，那段时间去英国出差时给我开车的也是他。不辞辛苦，长时间开车送我去伊豆的医院见好友最后一面的也是他。母亲突然离世那天，送我见到母亲最后一面的是他，母亲葬礼那天给我开车的也是他。

在那期间，他女朋友的父亲也去世了，我虽然觉得非常抱歉，然而身心俱疲，只能不停地麻烦他帮我开车。

这个人马上就要死了，很快我就再也见不到他了，这次可能是最后一面……每次以这样的心情离开病房的时候，我总是眼前一片漆黑。世界还是没有任何变化地运转着，感觉只有我自己身陷于急流之中。

在那么悲伤，尽是让人不愿回忆的灰色记忆当中，只有他开着绿色的汽车在等我。看到那一幕时的安心感，还有车边他修长的身影会永远鲜明地留在我的心中。

感谢已经远远无法表达我对他的感情。

不知道他的店关门之后，他会去往哪里。

今后是不是还能偶尔帮我开车？还是会搬去遥

远的地方，永远无法再见。

不管怎样，随着他的书店关门，一个时代就画上了句号。

此前读过养老孟司的书，里面提到有人问他为什么不能杀人，他回答说："因为生命是靠着一个非常复杂的系统维持运转，一旦破坏就无法逆转，再也无法回到原来的状态。"

我想确实如此。

世界上很多像他的书店那样，花了诸多时间打造出来的场所在不断消失，这样的趋势令我感到无比悲伤。这个趋势虽然可能什么时候会重新演变回来，但那家消失的书店永远不会再出现了。

我希望自己总是能清楚地意识到所得所失。

我想，他一定是那段时间上天派来帮助我的天使。

我相信："当过别人的天使的人，一定会幸福。"

只想说谢谢的关系

因为某些原因，我又一次搬了家。这次的新家距离下北泽仅仅一站之遥。

所以对我而言，离我最近的大城市（可以说城市吗）仍然是下北泽。

因为感觉这次会是我人生中最后一次搬家，心中感慨万千。

我感觉自己有可能会在这里度过余生。

想到现在陪伴我的动物们也会在这里死去，我的心情就无比难过。

我是第一次抱着这样的心情住在一个地方，正是因为如此，我才预感这些可能都会变成现实。

我想我会从这里出发，前往很多地方，然后又回到这里。

第一次走进这座房子的时候，我确信这里就是我曾经在梦中见到的家。因为这份确信，我才搬到了这里。我顺着命运的指引，克服了金钱和时间等各种困难后，总算成功地搬了进来。我心里住着的那个小孩，还没有完全适应新家，寂寞得团坐在新家的角落。然而，上次搬家时闹腾的动物们，这次适应得很快，搬家行程全都自然而然地顺利完成。虽然搬家并不是一件容易的事，但是并没有像上次那样坎坷，所以对我的影响微不足道。加上有小伊和雅子过来帮忙，她们小心翼翼地把我的宝贝搬到了新家，还帮我一一摆放整齐。

旧识的木匠和园艺师的工作成果也无懈可击。

凛凛寒冬，他们却不辞辛苦，当成自己家一般无微不至地帮我整理了新家的外观和植物。回想起这些，我现在仍会感激得热泪盈眶。

这次搬家的过程中，也经历了诸多和银行、房地产相关的珍贵体验。有许多令人高兴、幸福的经历。

施工队长留给我的字条，上面写着“感谢您的咖啡，非常美味”，让我会心一笑。听过设计者儿时的故事后，我深切地感受到一定要好好地爱护这个家，还有介绍新家给我们的中介聪明又幽默，不知不觉中全家人都喜欢上了他。

仅仅过了数年而已，房地产行业已发生了翻天覆地的变化。

当然，不管是租赁，还是买卖，无论如何小心谨慎，吃亏的总是个人。这真的无可奈何，因为个人总是处于弱势地位。

在如今这个做生意已经或多或少带着诈骗性质的时代，能在合同上用不起眼的小字写上违约条款就已经算是颇有良心了。

比如，我之前卖掉的房子有一个“住宅瑕疵十年保险”，其中包括一项关于房屋过户的“转售协议”。

瑕疵保险是指房屋发生漏雨、腐蚀等明显归属建造方责任的问题时，可以通过中介向保险公司申请修理费用。

但是实际上，如果房屋建造商或者中介不同意，就没有办法办理过户，这份转售协议实际上并没有法律效力……我之前完全没有听说过这些。

买房的时候明明还说："因为有转售协议，所以可以随时转售，而且有保险，完全不会有任何问题，今后我们还要一直打交道，请多多关照。"然而一旦收钱以后，却糊弄我说："这个不行，那个不行，房屋建造商不同意变更房主……"

还好我的新家就在附近，如果我搬去远处或者外国，房子发生什么问题，需要现场确认或者委托装修公司时，作为房主，我必须得飞回来。

这样的保险哪里能算十年保险，完全让人无法理解。

中介的态度却是，因为是你签的合同，所以你就得负责到底，之后的事情我们可不管，不过定期检查这样能赚钱的事，我们会一直效劳……那些人现在也用着诸如这般的诈骗手法，满脸堆笑地在推销地皮吧。当然那样的中介并不只是一家而已。我听说很多大型房地产公司的做法如出一辙。也就是说，这种略带诈骗的做法已经成了行业标准。

盖好结实、温馨的房子，销售给有意愿购买的顾客，哪怕房子易主，因为房子是房地产公司盖的，所以房地产公司会继续为新房主照料房子——这样的时代已经变成了遥远的过去。感觉他们正窃喜现在买房的人全都是老好人，不会提出任何异议。我这把年纪的人对此完全无法置信。并不是说过去的一切都好，现在也有很多好的地方。但是，如果以为这样的做法能够长久下去，那就大错特错了。人类只要还是人类，就像核电站的问题一样，谁不把人当人的话，就一定会灭亡。

我之前也曾写过如果“人不把人当人”的话，指不定什么时候就会爆发什么严重的问题。

承包商把定期检查当作找空子赚钱的机会，虽然让人无比厌恶，顾客却又不得不老实付钱。那些大企业虽没有亲身参与，却贪婪地从承包商那里吸走油水。

比如，承包公司安装空调或是组装家具的工人的工作表总是被排得满满当当，让人不由得疑惑他们一天是要工作多久。如果出现什么失误的话，就要被扣工资，所以他们就算累得筋疲力尽，也绝对不能有任何失误，忙完一家又接着去另一家，到处奔波。

现在这个时代，银行甚至会给八十五岁的人推荐十年期的零存整取。

日本的银行或是保险公司的销售人员，为了哄骗老年人存钱或是通过签约赚他们的钱，不断地访问独居的老年人。并且还自诩怀着做好事的善心，算计他们的钱包，而等他们生病住院了，却又借口不符合规定，不支付保险金给他们。

这里和土地广袤的美国不同，美国的做法在这里行不通。但是，如果是在日本以外的国家被骗，虽然外国人并不见得比日本人更加慈悲，但至少他们心里的想法更加简单。

日本人也有好的地方，偶尔会有施工现场的工人完全不计较这一切，这样的人是从最底层改变世界的人，所以我们才能心怀希望。

“大家都在这么做，况且我们也得吃饭，不要想太多”，这样的想法大错特错。因为一直以来，在任何时候，亘古不变的是我们在为“人”工作。

人都希望尽可能幸福，希望能够安心，希望和诚实的人以舒服的方式相处，只要世界没有变，就要遵守因果报应的大原则。这是不可歪曲的宇宙法则。

每次看到楼梯，我都会想起母亲在世时的事。

母亲腿脚不灵便后，就在家里安装了楼梯升降椅。

母亲总是坐在一楼的客厅吃饭，坐累了之后就会乘坐升降椅回到二楼的房间。

在“请注意升降椅”的安全提示音乐中，母亲总是笑着挥手对我们说“再见”。

母亲的笑容仿佛要离开舞台时的偶像。

神经质的母亲一生中很少露出那样的笑容，这让我觉得特别遗憾。到后来，母亲患上认知症之后，总是保持那样的笑容，那真的是上天送给我的礼物。人果然还是要放松些才好。

然而，搬家后没多久，我就从新家的楼梯上摔了下来。

可能是每天的体力劳动让我疲惫不堪的缘故，也可能是我自己没有小心，抑或是满脑子想着接下来得马上出发去机场，有点慌乱的缘故。

总之，我以惊人的势头从楼梯上摔了下来，尾骨狠狠地撞在了台阶上，从镜子里看到屁股摔成了四瓣，着实让我吓了一跳（笑）。

因为疼痛难忍，我不由得哭出声来，狗狗跑过来舔我，让我有些欣慰，但我坐也坐不下去，站也站不起来，不管做什么脑子里只有“好痛”。

然而，我勉强还能走路，所以仍然出发去了北海道，飞机着陆时我忍不住发出哀嚎，住进酒店后又开始发烧，只能卧床不起，窗外一片冰天雪地，虽然我的心情极度郁闷，但还是按照约定去了魔术香料札幌总店。

那是一家汤咖喱的总店，在下北泽也有一家分店。

魔术香料的老板下村先生是一个相当厉害的人物，他是曾在泰国被绑架的超能力者，经历过坎坷起伏的人生之后，最终找到通过咖喱带给人健康这一使命。开在餐厅的小商店人山人海，闪耀着特别的光辉，正如下村的世界一样美丽而复杂。

关于他的事情，我仅仅读过一本书而已，并不是了解得多么详细，见到他之后，我发现他是一个敏锐而且豁达、热情的人。他的妻子一十三十一是一位歌手。我喜欢她空灵的歌声。她超级可爱，总是像太阳一样闪闪发光。可以感觉到他们家庭和睦，一家人无比自然地陪伴在彼此身边。

不知道是因为下村本人的运势，还是他的温情款待，当时已经身心疲惫、走不动路、满身疼痛的我，仅仅是坐在店里吃了一份汤咖喱，不知道为何精神状态竟出奇地高亢，虽然病痛并没有丝毫减少，却很开心。

下村先生和他的妻子听说了我的疼痛之后，送了我他们在泰国买的贵重涂药，还陪我慢慢地下楼梯，让我从内心感受到“慈祥的父母亲”一般的感觉，或许是因为这个吧。

最初，魔术香料只是令我感到吃惊：咖喱里居然可以有这么多蔬菜；北海道独特的甜口味，尝起来很特别；店员们都处于高亢的工作状态。我甚至曾想自己会像其他游客一样，品尝一次就心满意足。

然而去了数次后，在回去的路上，我发现了自己的心情变化，感觉自己“吃了很多蔬菜，品尝了很多美味的调料，与人真诚相待，得到了良好的服务”，所以越来越喜欢那家店。那个偏甜的口味里好像有一种深深的温柔。能够看到别人脑海中的世界化为现实总是让我很开心的，那家店给了我这样的感觉，一切好像都有深刻的缘由。并没有固定的风格，或是类似于亚洲风之类的模糊印象，一切那么深奥，有着存在的理由。

虽然我的尾骨还是痛得要命，却出乎意料地生龙活虎。

因为那些食物里满满的都是爱。同行朋友发自内心的关爱，下村夫妇温柔的鼓励，店员们干脆利落的工作，这些全都是爱，温暖了我的内心。窗外一片银白的世界，原本在大雪中就笨手笨脚的我，经常会脚底打滑，加上屁股痛就更加艰辛，即便如此，不知道为何我却非常放心。

我得到了爱，然后表示感谢，世界就这样不断循环。

这就是人际关系，每个人的沉重问题都可以在此得以解决。我想如果能保持这样的循环的话，真的再好不过。

不管是刚住不久的新房子，还是转售协议没能生效的老房子（笑），都是非常好的家。

在那里我体验过艰辛的搬家过程，在那里我曾和家人谈天说地，在那里我曾不断思考以致无法入眠，在那里我曾非常悲惨，也曾为了写有关船桥的小说，无数次前往船桥。

那房子真的是太小了，所以我从来没有想过和家人一辈子住在那里，但即使只是暂住，房子对我们还是极其温柔的。那里没有发生任何问题，总是流淌着一种温柔、欢快的空气。

我还记得去年夏天一个闷热的晴天傍晚，我拖着疲惫的身躯从船桥回到世田谷代田车站，然后步行回家。在路上我和我喜欢的山崎便利店的阿姨打招呼，穿着拖鞋轻快地走在回家的路上，手里还拿着在船桥车站买的面包。

啊，在船桥的采访就这样结束了。想到这里我有一点莫名的悲伤，在船桥的采访一直都特别开心。虽然接下来动笔完成小说也是件令人高兴的事，但我再也不会以仿佛是住在船桥的心情走出那个车站了。我这样想着，一抬头看见我的家。

夏日的晴空下，我的家看起来好像在微笑着欢迎我回来。外墙上画满了莲叶，门牌上写着家人的姓氏。阳光洒满墙壁，白色的墙壁闪闪发光。

那是一个总是百分之百爱着我们一家人的空间。

所以离开那里时，我害怕得想哭，不论什么时候，新事物都让我感到害怕。

在新家安稳下来后，我想我还会写很多作品。

这次的房子可不容小觑，因为我毫无征兆地就从楼梯上摔了下来，从各种意义上来讲，这个房子非常尖锐，不像之前的房子那样柔和。隐约能感受到它和我们正面交战的严厉一面，新家仍然在窥视并不十分成熟的我们，远远没有向我们敞开心扉。看起来完全适应还需要花上一段时间，我想从这个意义上来说，这座房子也是非常诚实的。

搬到新家的第一个晚上，第一次接好电视，和大家一起边吃着外卖的披萨边看电视时，看着我深爱的家人和朋友，我切身体会到这里就是我们的家。

即便如此，在之前的房子里度过的短暂精彩的日子也会成为我永远的回忆。

走到阳台上，隔壁的老奶奶正好出来，于是我们隔着阳台开始闲聊，聊邻居们的家长里短，两个差不多只穿着睡衣的人，聊得热火朝天。

居委会负责收会费的老奶奶总是气喘吁吁，每次问她要不要帮忙的时候，她那涂了口红的鲜红嘴唇就会露出笑容，说要是不做这份工作自己就会老糊涂。

还有总是猫狗一起遛的可爱的一家人。

明明只是离开了一小段的距离，但再也无法和那些人以相同的节奏生活，让我无比失落。

但是，我希望总是向上、向前看，活在今天，活在当下。

孩子还在襁褓中时的回忆令人怀念，看到孩子儿时读的绘本、玩的玩具也会感慨万千，但还是和眼前的孩子在一起更让我高兴。道理是一样的。

因为这一生中，我拥有的只有“现在”这一刻。

再见了，我那个狭小而又温柔的家。只想对你说声感谢。

电　影

小说改编成电影，真的是一件格外困难的事情。

不管电影的制作成本多么低，总还是要花费一笔不菲的钱财，从最开始提出改编电影的想法，到最终想法变成现实的概率微乎其微。

把原著小说改编为电影的缘由形形色色。比如导演特别喜欢原著，或是主演已经确定后才寻找适合演员的作品，或是在预算范围内做出的选择，或是制片人看中原著后委托导演，或是国家或者都道府县参与后决定的原著，等等。

这些信息有的会完全公开，有的会部分隐瞒起来，经常有人出于各种各样的考虑向我申请改编许可。因为签订合同，一般会约定不允许全世界范围内任何第三方改拍电影，所以我也不得不慎之又慎。

改编电影进展顺利的，往往是邀约的时间点、当时的天气都出奇地合适，从始至终没有任何障碍，一切事情水到渠成。

现在我甚至可以根据别人提出请求时的感觉，基本上判断出最终能否实现。

能够打动电影之神的，只有人的想法。

因为作家们大多都是害羞的，一旦自己的小说被拍成了电影，就好像在自己面前朗读自己的作品一样，无法保持内心的平静。

我已然人过中年，对这样的事情已经习以为常，但我也能够理解，那种自己认为最重要的部分在电影中表现得大相径庭时，想要抱怨的心情。

虽然我一般区分得相当明白，拍电影的事全部交给导演，但偶尔感觉“这个再怎么说也……”的时候，姑且也会提出来。

虽然我会提出来，但基本不会被采纳。

这样做，有可能会被别人认为“作者真的是有各种各样的执念”，或者被别人认为我是格外麻烦的人。

在优秀导演们的出色诠释和制作下，我的几部作品也被改编成了电影。

每一部电影都是令人难忘的精彩作品。

我会尽可能地前往拍摄现场，所以留下了诸多拍摄现场的回忆。

比如我曾和年轻时的牧濑里穗和中岛朋子一起聊天；走在路上迎面遇上帅气的真田广之，仿佛电影中的情景一般；比如年幼的儿子曾和堀北真希牵着手走在一起，让大家羡慕不已；比如川原亚矢子美丽的笑容，菊池亚希子漂亮的服装……

已故的森田芳光导演和他的夫人高雅的对话，还有已故的市川副导演巧妙的城市取景，都给我留下深刻的印象。他们不愧为大师，本身带着特别的气场。

虽然我并不能说得特别清楚，但总感觉那不是“我的电影”。不是我的主题，也不是我的作品。

不管是《阿根廷婆婆》，还是《海的盖子》都是很棒的电影。所以，那样就好。因为电影是导演的作品，不属于我的也没关系。

说得极端一点，如果仅仅看故事梗概，我的作品尽是些不值得一提的，甚至看上去有些傻的普通故事。

小说里面可能会有美丽的风景，有聚在一起畅谈人生的女孩子，有一些超自然现象，有一些暖心的设定，很多导演都把这些拿出来表现温馨的氛围。

比如这样的内容：

“厌倦了东京，想着回乡下开个刨冰店的主角，回到老家后，发现家里来了一个年龄相近，散发着麻烦且阴郁气场的女人。主角刚开始觉得很烦，慢慢地两人关系变得十分融洽，最后主角发现能够发挥彼此的长处，把喜欢的事情变成工作，是多么美好的事情啊。”（笑）

还有比如：

“主角的母亲去世后，手艺人脾气的父亲不仅没有任何主角期待的反应，反而一直待在村边疯女人凌乱不堪的家里，虽然主角大发脾气，甚至还说出要是生出小孩怎么办之类的话，但知道父亲的想法后又和好如初。”

之类的（笑）。

但是，如果细细品味我的小说，你会发现小说奇怪的结构背后隐含的主题如泉水般不断喷涌。

上面第一个故事的主题是“大海不知不觉中让人努力工作”，第二个故事的主题是“女人绝对不懂男人的乐园是什么？遗迹又是什么？”

大多数的人都没有想到会是这样的主题吧。

我可能有些过度扭曲了（笑）。

当然，只把故事中温暖人心的部分拍成电影完全没有问题。导演能描绘出我内在积极的一面，我也乐见其成。况且无法传达出主题的深奥，和我的文字功底应该有点关系。不止一点，是相当大的关系。

关于这点，无法用旁人的眼光来看自己的小说，所以也无可奈何，当然我也总是会想自己是不是有点过度隐藏主题了。

为什么要隐藏呢?

不是因为我羞涩或者性格扭曲，而是因为我更喜欢主题只是散发出淡淡的幽香。因为我感觉，一个作品想要长久保留在人的潜意识中，那一定是散发着让人似乎快要忘记的淡淡幽香才是最好的。

我非常喜欢达里欧·阿基多导演，他拍过一部名为《创伤》的电影。

电影里讲了一位患有厌食症的女孩，以及一名在真心帮助她的过程中慢慢喜欢上她的男孩，两人一起调查发生在女孩家的恐怖杀人事件，过程中男孩差点也被杀害，虽然最后找到了凶手，但真相让所有人都很受伤，即便如此，男孩还是坚定地爱着女孩。电影的内容精彩绝伦，但是在满屏的鲜血覆盖下的恐怖影像后面隐藏的是“亲子关系就算被彻底伤害，孩子仍然会爱着母亲”这样充满悲伤的内容。

这样的表现手法，普通的电影观众应该是无法领会的，就连我都非常明白这一点。

为什么用那么漫长的镜头表现男孩在湖里寻找女孩直到体力不支？为什么那个时候会播放优美的主题曲呢？基本上一般人都无法理解吧。

最后，他们生还后欢喜得紧紧拥抱，却为何没有接吻呢？为什么这个时候会出现演奏雷鬼音乐的乐队呢？很多人都觉得这样的安排欠缺精神上的升华，缺少些什么。

但是，有一种人懂。

只有那一幕才能表现他是多么爱她，正因为如此，镜头才出奇地漫长。

并且，人在真正受伤之后，即使投入所爱之人的怀抱，也只会不断地颤抖而已。

即便不能传达给很多人也没有关系，就像《创伤》导演的表现手法深深地拯救了我一样，我希望我的作品可以拯救别人。

以前，下北泽有一家日本茶茶馆“月雅”，那时还没有重新装修过。

漂亮妩媚的理惠总是播放好听的音乐，金鱼总是欢快地在鱼缸里游来游去，我经常在这样舒缓的氛围中慢慢品茶。

虽然我很喜欢重新装修后的由理惠打理的“第二期月雅”，虽然我也喜欢在现在“第三期月雅”里和理惠的老公闲聊，但回想起还在老房子里的月雅时，我还是会怦然心动。

那时 Tit－chai 刚刚关门，Les liens 还在营业。

那个时候我经常推着婴儿车，或是牵着步履蹒跚的孩子，或是抱着孩子，走进月雅。

每次离开月雅的时候，店里都会送给孩子们一个糖果作为礼物。

那时儿子总是非常期待那个星形的糖果。

“我见过很多孩子慢慢就不要糖果了。不知道该高兴还是难过，小 M 弟弟以后应该也会这样吧。”

如今月雅里已经没有理惠的身影，没有这样的对话了。我总是一边想着她什么时候会再回来吧，一边失落地回忆起那段时光。

儿子确实已经不再要糖果了，但还是和那时一样，会在月雅吃抹茶果冻，会不停地续杯香橙海带茶。

前些天的一个周日，儿子没有外出，我也在家，于是我们又一起去了月雅。

儿子说：“真的好怀念啊，那个时候周日经常和妈妈一起来月雅。”

我说：“那时我们经常吵嘴吧。”

“才没有呢，总是很高兴的。”

我真的没想到孩子长大之后，我们还会一起来这里喝茶。将来，他离开家以后，应该也还会有这样的机会。这个世界上又多了一个成人，同时我的人生里又多了一个情谊深厚的朋友，多么不可思议。

曾经在我的身体里的那个孩子，来到外面的世界，不断成长，成为另外一个人生活下去。明明原来走路的时候还得抱着，现在个头已经比我还高。没有比这更加神奇的事情了。

人生总是转瞬即逝。

这样一想，我已别无所求。也没有任何烦恼。

然而，像这样坐在不同时期的月雅里，品尝着美味的日本茶。

我感觉这份经历是最重要的。

那个时候，我在路上经常遇见若木信吾。

他当时和现在一样，是个沉默寡言的帅哥，经常穿着短袖利落地走在路上。

我突然缺人手的时候，会发邮件给他，请他帮忙物色打零工的年轻人，他很快就会在广泛的社交网中介绍各种各样的人给我。其中有一位现在还是我事务所里不可或缺的一员。我真的非常感谢他。

我想，他之所以能拍出优秀的照片，是因为他有一双能彻底观察事物的独特眼睛。

虽然他有时候从事出版行业，有时候自己开店，看起来好像很风光，但实际并不然。他工作的时候应该不是那种意气风发，抱着因为世界上没有，所以从零开始创造的想法去做事的。感觉一切只是他顺势而为，作为男子汉拼命工作后，水到渠成的结果。

在一次谈话节目中，他曾经说："基本上什么都可以忍，只有想睡觉没有办法忍。"

我不由得去猜想他在忍受很多事情。

心情就好像是看着被薄雾笼罩的湖面一般。

他用我的作品改编的电影《白河夜船》，从各种意义上打破了常规。

拍摄使用的脚本是他用自成一派的素材照片拼凑成的影集（已经美得可以称之为作品了），拍摄时间只用了短短一周。基本没有借助音乐的力量，感觉只是导演自己拿起摄像机，一通拍摄，有点类似纪录片的手法。

然而，却如实地表现出了蕴藏在那部作品里的，我年轻时的想法。

“她勉强靠着年轻人特有的自恋支撑着，她太过温柔，没有办法闯进其他人的幸福或者悲伤。即便被自己的这种温柔杀死，她也想为所爱之人做些什么。”

“自己非常亲近的朋友自杀之后，那个永远无法解答的大问号变成模糊的阴影笼罩着自己。于是内心变得越来越空洞，感觉自己一半已经进入了那个世界。”

年轻的我写下那部小说时，想要表达的是这样的主题。还有：“想要一直保持这样良好姿态的人，一定会得到上天的恩宠，请勿错过。”

若木先生淋漓尽致地刻画出了最终战胜内心的阴影的主角，虽然遍体鳞伤，却像英雄一样（也很好地表现出了安藤樱可爱的一面）。

之前，每次有作品拍成电影，虽然我会觉得来之不易，但也会想可能我的脑子里有些地方比较古怪。

那么厉害的导演们都没有表现出我想要表达的主题，那应该就是表现不出来的。但是电影总归是电影，我想以后我也会聆听导演们各自的感想，然后按自己的做法继续描绘这个世界。

我本身也不可能和小说画上等号，若木先生当然也是这样。我们好像以小说为中心，各自从不同的岸边潜水过去，然后在海底相遇。遇到优秀的翻译家时，我也有相同的感触。

正因为如此，我在大海的深处得到了拯救。

有人把我的作品正确地翻译成影像，那剩下的就交给观众自己体会就好，只要有一部这样的电影就好。

若木先生有若木先生自己的拍摄方法，不去依赖任何人，也不找我商量，自己潜入小说的深处，把过去的样子如实地表现出来。作品固然高兴，我也高兴，若木先生也高兴。

这些梦幻般的好事情，让我感觉一直坚持创作果然是对的。

和若木先生在 B&B 书店举行的谈话结束后，为了拍摄杂志要用到的照片，我们去了下北泽的街道。在那个短暂的时间里，我回想起过去我的孩子还小，若木先生还没有孩子，我们经常在下北泽偶遇。

事后我看到了处理好的照片，照片里平日的我在平日的下北泽微笑。这样的照片只有他才能拍出来。

定居， 还是迁居

人只要活着，衣服就会变脏，就需要洗衣服。

人来回走动就会带起灰尘，房间就会变脏。厕所更加会变脏。

我没有办法和不知道厕所有多脏的人交谈，知道厕所有多脏的人和不知道的人，他们的人生是截然不同的。知道要花费多少工夫，厕所才不会变成印度寺庙里的厕所那样，是极其重要的事情。

美餐之后就一定会产生垃圾或者用过的杯子、盘子。

住在酒店、常坐飞机，或者请了保姆的人不必亲自清洗餐具，但要因此花费相当惊人的钱财，这也只是意味着他有能力负担这些花费而已。

比如有的男人不用操心这些，是因为妻子会帮他打理好这一切，很多情况下他们其实也只是在付钱给妻子而已，所以他们才能坐享其成。

时间会不断流逝，只要活着，人这种生物就不得不做好身边的事情。

偶尔也会有人想一直省事到人生的终点，于是基本不置办什么家当，践行一直居无定所的生活，那么搬家就变成了人生的方式、生活的中心，那也会是一个大问题。这一点毫无疑问。

偶尔也会有人彻底不做身边的日常琐事，最后发展成城市的大问题，不得不由区役所①的人来处理，这并不是长久之计。

并且，我感觉在现代，对于这些事情的看法和做法，正在慢慢成为一个人的个性。

因为在生活中收拾整理、修理或者更换坏掉的东西（包括人体在内），表现出了时间流逝本身所

① 即区政府。

具有的全部性质。

真的是不同的人有不同的做法，所以人们才想了解别人的体验。如果体验舒适便更是如此。正因为这样，有关断舍离的书和新游牧生活的书才如此受欢迎。

从各种意义上来说，我是随机应变（往好里说。若往坏里说是没有坚持）的一个人，所以我很少认真苦恼过这方面的事情，但我很爱见识别人的生活。

比如说，听说有人不喜欢衣服变皱，所以不系安全带，甚至连内衣也要使用熨斗，穿在外面的衣服甚至连T恤都要送去洗衣店。我非常佩服他们这样一丝不苟的态度和所花费的成本，同时会想起确实那些人给我留下的第一印象，总是穿着没有一丝褶皱的笔挺衣服，和自己完全不同。我想这应该和他们的活法有着密切的联系。

然而说到食物，还是有所不同的。

看到有人因为不想弄脏餐具，所有食物只在便利店购买，吃完之后连包装一起扔掉，我想固然有其合理的部分，不过花费的成本也相当可观，长久来看也会有损健康，所以又应该如何考虑省事的利弊得失呢？倒不如简单的粗茶淡饭更好吧。

有的人泡完澡后，会用热水把浴室彻底清洁一遍，为了防止生霉菌，还会用抹布擦得滴水不留。我不禁想这样的人要是生了孩子该怎么办啊？因为我的孩子，就算是浴缸边上有堆狗屎，他也能在奇怪的时间在狗屎边上若无其事地洗澡，而且总是全身湿漉漉地就从浴室走出来。

等一下！那样的人才不会有这样邋遢的孩子……（笑）

怀着这样的想法，有一天，我去了闺蜜家玩。

闺蜜讨厌住在房间布局周密且狭窄的地方，她也不需要自己的房间，只要家里足够宽敞明亮，其他什么都无所谓。

她曾说自己住在哪里都无所谓，还曾说喜欢住在没有见过的地方。并且她的家里总是很混乱。但那种混乱保持了一种绝妙的平衡。不知道是不是因为她小时候，父母由于工作的关系经常搬家，在她的世界里形成了一种即使搬家也不会变得麻烦的简洁风格。但绝对也不是一切整理得井井有条，最多只是重视对自己而言的功能性而已。

读小学的时候，我曾看她在搬家的前一天晚上仍然没有丝毫慌乱，让我着实吃惊。一贯小心谨慎的我说："喂，差不多是时候收拾行李了吧?"她一边折好一个纸箱子一边说："没事的哦，像这样这样就可以了啊。"然后把一个抽屉里的东西一股脑儿地倒进箱子里，哪怕纸箱尚有空隙也不再装其他的东西，并在纸箱上写下"抽屉第一层"。她告诉我，这样就可以在搬到新家后，轻易地恢复原样。

我不由得心生佩服。

原来如此，因为固定居住在一个地方，所以定期的整理收拾很重要，如果居无定所，像她这样经常搬家的人随便怎么考虑都无所谓。这方面就交给个人判断，只要能生活下去，形成自己的方式就可以了。真的是让我茅塞顿开。

我也似乎可以理解她家里那种没法描述的混乱和她的原则。

现在她已经结婚了，有了老公和两个孩子。她的家人们都按着她的原则住在一间宽敞的一室公寓里。听说是之前住在那里的人把两个房间的隔墙拆了。

从掏耳勺到茶杯、笔记本、计算器、游戏机等，她家的桌子上随意地摆放着普通桌子上常见的各种物品，有的甚至摞在一起。但是，绝对没有不整洁的感觉，也并不像是没有清扫的样子。玻璃门的柜子里也是摆满了各种各样的物品。

她的女儿走过来，随手拿起摆放在各种物品上的游戏机，站着就开始玩游戏，让我再次深刻地体会到这样平衡的状态在这个家里是理所当然的。

“合理的混乱”这一她的个人价值观，现在已经发展为整个家庭的默契。这点很厉害。

这和她过去总是只做最低限度的事情，但是最低限度的事情绝对会去做，而且不会有任何抱怨的活法完全一致。

不管别人如何期待，她也能毫不犹豫地拒绝一件事情。那个时候她会接近冷淡地说“我觉得这个可以不用做”，让别人瞠目结舌。但这是她在自己的头脑中认真思考后得出的结论，不会有任何迟疑。对于经常犹豫不决的我来说，这是一种格外精彩的活法，我经常会因此感觉些许失落，同时又羡慕不已。

毕竟每次自己男朋友过来住的时候，我会一脸认真地说：“你能过来我是很高兴的，不过在我做饭的时候看着你不是在看电视，就是在呼呼大睡，我每次都在想我这里又不是旅馆。”

原来有一种活法或想法是没有色心、没有期待、没有幻想，也不用多做什么的。

另一方面，我总是色心十足，不停地幻想或妄想，活到现在，我的混沌似乎正一点一点在改变。

我总是一整天忙于各种家务，甚至幻想现在立马有“家务达人”来我家，教我轻而易举地完成家务。其实也只是把洗好的衣服晾出去，把积攒的脏盘子洗干净，打扫干净狗厕，把杂乱无章的书摆放整齐就行。

但是，比如有一些重度油污需要喷上清洁剂静置，比如突然收到三箱水果，比如一天收到三十本书，比如乌龟爬过狗厕把走廊全都弄湿了，比如扫地机器人把漏在狗厕外的狗尿均匀地涂满了地板，比如猫又吐在了桌布上，我家总是会发生各种各样的事情。日常生活里的各种突发事件，挤压了我写小说的时间，我总是一边处理各种事情，一边打扫卫生，做完家务往往就已经到了傍晚。非常的不合理。

租代泽的房子是因为我养的大型犬死了，家里的一切都让我难过，加上孩子出生后，家里的空间太过局促。

我在上马的房子里住了十年。我之前也写过，我和当时的房东非常投缘，总之过着悠闲幸福的生活。虽然房租偏贵，但没有任何拘束，随便做什么都可以，生活好像乐园一般。

我曾开玩笑问房东：“我要是养一条圣伯纳犬，你会允许吗?”“养马呢?”房东认真地回答：“可以哦。”“不管你养什么，不管你做什么，就算在阳台上烤肉也没关系。”我想现在可没有这样的房东了。那个时候真的很高兴。当然我并不会特别吵闹，但我很享受无拘无束的心情。

顺便告诉大家，我养的大陆龟的尿漏到楼下房东家的天花板的时候，我还是在认真反省后把大陆龟送了人。

经历了各种各样的事情，已经快成为生活达人的我，可以轻而易举地提升房间的收纳空间，但是一家人挤在单身公寓，不管怎么说还是有些勉强，所以搬家是必然的选择。

有一次我陷入沉思，为什么自己对于房子如此讲究呢？因为我是女人，还是因为我经常在家里工作呢？

很多人曾建议我，既然国外的工作很多，那完全可以在东京选择一个小一点的房子，过上新游牧式的生活，这样可以少交很多税。但我为什么没有选择那样的生活方式，到现在还一直住在下北泽呢，我自己也不是很清楚。

简而言之，可能是因为我喜欢动物吧。

自己年龄越来越大，行动应该也会越来越困难，加上大型犬死后再搬家的话，就仿佛把它孤零零丢在了那里，这些让我深感不想再搬家了。

还有就是搬家前明明已经花了相当多的时间和精力去打扫，但搬走的时候还是会因为养动物产生的脏污被狠狠批评。那也让我很厌倦。当然之前在上马的房东并没有生气。最终房间修缮的费用比我交的押金还多，因为我住的时间久，大家相处得很开心，所以房东没有再多收钱。

说我“尊敬”动物们也不为过。

因为它们有些地方要比人类出色得多。

动物最理想的死法是老死，直到临死之前还一直正常生活，颤颤巍巍地去厕所，慢慢地不再吃东西，但也不会瘦得皮包骨，等到差不多要走了的时候，会一直等到家里所有人到齐后，再停止呼吸，好像临终告别一样。

我曾经历过数次这个过程。虽然每次都还是一样的悲伤，因为一起生活了很长时间，总会有一种强烈的丧失感，但之后又会生出尊敬之情，如清风般带走阴霾。

为什么很少有人能够像动物一样死去？人为什么总是如此贪婪呢？如此想来，我就越发喜欢动物了。

当然如果可以的话，我希望自己死的时候能像动物那样。但是也会有点害怕地想，我的烦恼太多，恐怕会很痛苦吧。与死相比，把自己的烦恼暴露给别人更让我害怕。

如果我能以这样的方式善终，可能会有短暂的一段时间不知道自己是死是活，和平常一样在家里，不由自主地看着家人和朋友，而且死后如果有需要去的地方，应该会有人来接自己，然后和他一起离开……如果死后能有机会偶尔回来看看家人，可能一直住在同样的地方才更好吧。

一个偶然的机会我看了漫画《黄金神威》，里面有介绍阿伊努人游走在定居和游牧间的生活，我强烈地认为每个人都应该怀抱“明天有可能不会像今天一样活着”的想法生活。

死后忘记自己已经死去，短暂回顾过去的生活，能够满意地想，自己活得不错——这是我向往的人生。

英　雄

我在这本散文集的开头写过，在我被命运引领来到下北泽的那一天，我看见了平日里抱着双胞胎的 SHEENA 和鲇川先生。

他们的外形比什么都能说明，住在这个自由的地方，人们可以按照自己希望的方式长大。

不可思议的是，现在我的事务所与他们家近在咫尺。

每次路过那条缓坡路，我都会想起那一天遇到的他们一家四口的情形。就好像从我的脑海中拿出一张照片去欣赏。

并且我也会回想起那一天的自己。想起和我将来居住的这个地方命中注定的邂逅瞬间。

回想起那一天单纯地前往朋友家借宿的我，那个对职场白领的路易威登包满怀憧憬的二十岁的我。

顺便告诉大家，那对姐妹当时住的地方也在我家附近。那一天我走过的楼梯还原封不动在那里。

有一次，那对姐妹弄丢了钥匙进不去屋子，房东又已经睡了，她们在外面给老家打了电话后，那个传说中特别宠女儿的父亲风尘仆仆地从静冈县开车赶来送钥匙。如今朋友的父亲也已经去了天堂。

那个时候的我还年轻，不顾一切地疯狂玩耍，完全不知道自己在学什么。更是做梦也没有想过自己要住在哪里，甚至都没有考虑过申请护照。也无法认真面对自己的人生。没有考虑过今后自己如何生存，只是想着先成为作家，成为专业写文章的人，那样的话，今后就可以让小说带着自己前进。

结果，有一半成了真，不，可能比一半还要多。小说带着我去了全世界不同的城市，给我展示了全世界各种各样的眼泪和欢笑。

一定有很多人会认为我很幸运，或者羡慕我，或者认为我有这样的才能就应该心满意足。

但是，我的人生又是怎么样的呢？我想要的生活呢？

曾经竭尽全力走到现在的我，最近终于真正意识到，我的人生、我想要的生活并不只有写小说。

而且，我也会像很多人一样心怀“要是能回到年轻时”这样的悔恨，同时也想尽情享受今后的时光。

现在我的财力、人气和体力可能都不如那个时候。但是，我很清楚那些并不是最重要的。那个时候虽然我有钱，有人气，有体力，但我感觉自己总是处于马上想要自杀的状态。意识到这些后，我明白余生都是上天赐给我的时间。

这样想，我会觉得自己无比幸福，陶然心醉。

我非常庆幸自己能意识到这些。并且希望今后我写的所有作品能给那些像我一样曾看不清人生的人们一些启发。

在那对姐妹家借宿二十多年后的一个夏天，我和儿子、朋友一起去了一个轻松的音乐节。

住在我附近的曾我部惠一和我原本就很熟悉的铃木庆会出场表演，儿童也能够参加，又是在白天的活动，而且最后竟然有黄色魔术交响乐队[①]（这是别名，是三位出色的音乐家组成的）压轴表演，所以我想我可以带着孩子去。

那天热得让人怀疑人生。

热得我脱掉了衬衫，只剩下背心，用矿泉水淋在头上降暑。孩子一碗接一碗地吃着刨冰，朋友也用遮阳帽把自己遮得严实。

曾我部先生表演之后全都是些欢快轻松的音乐，我们不顾炎热，放松地躺在了草地上。

我至今仍记得那个瞬间。

伴随着突如其来的吉他声，舞台上传来一阵欢呼，一道金色光芒和灯光、夕阳混在一起照亮了

---

① Yellow Magic Orchestra，由坂本龙一、细野晴臣及高桥幸宏组成的乐队。

我们。

浑身熠熠生辉、劲头十足的SHEENA站在舞台上，边上还有鲇川先生和其所在的乐队成员。在乐队震耳欲聋的重金属摇滚中，从她小小的身体中爆发出沙哑的声音，淋漓尽致地演绎着激动人心的歌曲。

比起过去的表演，她又厉害了几千几万倍。

正因为她所创作、演奏的音乐里体现着她的活法，没有一丝一毫伪装的她才会像太阳一样闪闪发光。坦然自若地站在一旁的鲇川先生，也完全没有成为太阳下的阴影。

那个时候我亲眼见证了这个奇迹。

那一天的酷暑，我们所处的地方，我们所处的时刻，包括我自己，所有一切都消散得无影无踪。那才是真正的摇滚。

他们的现场如此震撼，过去我们却不怎么知道。

我瞬间明白了，正是在互联网会告诉我们一切的时代，我们才一定要用自己的身体操控命运，去收集一个又一个振奋人心的信息。

仅仅凭那些映入眼帘的信息绝对无法知道，还有很多像他们那样帅气地生活了几十年，不断地提升自己的人，只是我们还不知道而已。

就在我感觉在这个封闭的社会中步履维艰、孤军奋战的时候，这些人也在默默地演奏他们的音乐。

他们也不一定总是快乐，总是那么帅气。长期以来也一定经历过超乎我们想象的事情。即便如此，他们也养育了自己的孩子，保持着健康的体魄，解决了经济方面的问题，长期努力活出了自己想要的样子。

歌声和演奏把这些表现得淋漓尽致。

仿佛 SHEENA&THE ROKKETS 在说，为了这一瞬间，他们燃尽了生命。

不知道又过了几年，我在下北泽参加了六十一岁逝世的 SHEENA 的追思会。

那是一个下着雨的傍晚，悲凉又冰冷。

我只是在听 SHEENA 演唱的时候见过她而已，因为和她住在同一个城区，我感到很光荣，也很感谢很久很久之前，她成为我住在这个地方的契机。

被鲜花包围的照片中，SHEENA 的笑容和那天一样闪耀。

我不禁想，人们毫无遗憾地度过的人生是永远不会消失的。

气场毫无阴霾的鲇川先生和他的女儿们坐在那里，非常平静，好像是一个僵立在那里的活物。

我曾想参加追思会后的心情应该会很悲伤。应该会是一切的美好都已结束，今后世间再无任何快乐般的心情。

然而并不是这样。离开追思会会场后，我的心中好像亮起一道光，从内心温暖着我。

那是一种非常不可思议的感觉。

之后，我和朋友平静地聊天，和前来做客的姐姐一起吃饭，真切地体会到了活着的感觉。我心中平时的杂念也消失得一干二净。我在充满杂念的人生中，看过别人心无杂念的人生后，虽感觉到莫名的失落，但自己好像又能一点点地消灭那些杂念。

我想，如果我的人生可以那样，让前来参加我葬礼（可能不会举行葬礼，也许是追思会之类的）的人，在回去的路上像那时的我一样有所感悟，那我就能心满意足了。从现在开始也不晚。

我还没来得及向引导我来到下北泽的恩人打招呼，她就永远离开了。希望她可以安息，她的家人今后也能幸福。

父亲去世，好朋友去世，母亲也去世的那一年，我经常参加葬礼，累得晕头转向，有时甚至分不清哪次请的是哪位和尚诵经，是谁的葬礼。那一年老公的父亲从那须来看我们，我高兴得难以控制自己的笑容。

我默默地想，我还有一位父亲。足见当时是多么空虚。

那天下着雨，送他去上野车站时，帮我开车的是我最爱的司机小八，他在这本散文集中反复出现过，现在已经回埼玉老家了。

我说："爸爸，我会很想你的。别回去了，大家一起生活吧。"

我的眼泪虽然没有落下来，但基本上是带着哭腔说的。

父亲温柔地看着我，默默地听我诉说。

然而，我工作繁忙，要养活一家人，事务所在东京，还有很多读者，工作时间不固定，晚上经常很晚才睡。而父亲最喜欢田里的工作，早上起得很早，非常享受自给自足的生活，绝对不想住在东京。我们注定没有一起生活的可能。老公也完全没有减少工作，回乡下生活的打算。

然而，一定还有另外一个我，真心想要过过那样的生活。

一个老老实实嫁人，在政府登记结婚，凡事比较被动，喜欢照顾别人，喜欢撒娇的我。如果在不同的背景下长大，我可能会是那样的。

那样的我，会觉得什么是幸福，又会悔恨什么呢？

那个雨夜，在我曾和父母一起生活过的上野街头，我不由得想：另一个我渴望的人生，到底哪里去了？

我无法想象出自己没能选择的那个人生。但是，当那个没能选择的人生向我微笑时，或许我也能够大声说我现在的人生也不丢人。

做出人生的选择，并坚定不移走下去的人往往会得到人们的称赞。

我想赞扬 SHEENA 和鲇川先生。

但是，他们应该也有自己没有选择的另一个人生。

就像我选择住下北泽，没有选择在其他地方生活一样。

就像我没有选择像普通人一样结婚后减少工作

的人生，没有选择和我非常喜欢的公公一起生活的人生一样。

SHEENA 和鲇川先生两个人想必一起面对了各种各样的事情，一起做出了一个又一个选择，毫无遗憾地审视着一条条没有选择的路，在音乐的道路上不断前行。

想到这些时，我们眼中把不可能变为可能的英雄们终于变成了普通人。和我们一样拥有肉体，知道疲倦，和我们生活在相同的世界里。

然后我们也终于能够真正理解他们所成就的事情多么不易。

我感觉我从他们那里得到了一种真正的力量，一种假如我一直只是认为他们帅气、厉害、和我不同的话，就永远得不到的力量。

前些天，看《映像世纪》这个节目，里面讲了柏林墙倒塌的过程。其中有一段影像记录了柏林墙倒塌的重要契机。内容是大卫·鲍伊为了让柏林墙东边的人也能听到，以柏林墙为背景，用德语演讲，然后演唱《英雄》。

这背后需要动员多少人，工作人员有多么辛苦，交涉有多么艰难，甚至可能存在被暗杀的风险。日程的调整，如何架设音响设备让声音传到墙对面，想必需要解决的问题多如牛毛。显然应该并不是只要当天去现场演唱那么简单。

很难想象如果他没有做这件事，他所处的环境多么舒适。

即便如此，他也想去尝试，认为自己非做不可，而且真的做成了，我想这正是成为英雄的条件。

我们总是在看过这些人给我们展示的精彩后，回归日常的生活。

但是，有一天我突然开始思考，自己在工作上，应该做些什么才能像他们一样？

那时我第一次意识到，现实中他们是付出怎么样的艰辛才能站在那个地方。

我想永远铭记一本书背后所包含的众人的辛勤汗水，还有拿起这本书的人所花费的时间，一步一步地成为别人的英雄。

你懂我

我追了很久的美剧《行尸走肉》，在临近剧终的时候人们开始建设自己的社区。在那个几乎要被丧尸支配的世界，人们找到自己的伙伴，结婚生子，建设自己的家园。包括主人公在内的团队，开始只是杀死丧尸，慢慢地不得已也会杀死人类。

这样描写好像这是一部用单纯的逻辑描绘的毫无人情味的电视剧，但因为剧本和演员们精湛的演技，让我发自内心地认同："啊，那样做也是无可奈何的。换成是我，与其视而不见地活着，我可能也会选择杀死想要杀害我或我的家人的人。"从这里也能明白地看出这个世界上战争不会消失的理由。

不管处于什么样的环境，哪怕丧尸就在外面游荡，哪怕大家都明白丧尸才是人类共同的敌人，人还是会存在那样的一面，想从其他人那里抢夺，想要比其他人优越。

就算是互相仇恨，互相杀戮，互相抢夺，不，正因为这些，才更让人感到人是一种想要接纳伙伴，创造自己的村落的生物，令人伤感。

我很少有什么绯闻，却被一本杂志写过一件根本不值一提的事。

大致是说我被喜欢的人抛弃了以后，想不通去了山里的寺庙。

现在回想起来真是忍不住笑出声来，我明明是神道教信徒！真有什么想不通也不会去寺庙的！

和那个男人确实有一段超出了友谊范围却没有发展到恋人的关系，杂志写的事情我多少也知道，因为完全不得要领，让我觉得世上的绯闻可能大多是瞎掰的。

顺便告诉大家，我的确去了山里的寺庙。要说为什么去呢？是因为我的一个女性朋友爱上了一个正在修行的和尚，她想去那个禁止女性入内的寺庙见他，带上身为作家的我，可以假借采访之名。并且，那家寺庙只禁止个人前往，还是允许团体慰问的，我就是所谓的幌子。和尚在修行期间不能接近女性，所以我们只是隔着老远送出了慰问品。恋爱中的朋友和那个和尚并排走在一起的时候，也一直保持着一定距离。眼见那让人难受的情景，我反而有些感动。后来，和尚下山之后，两个人步入了婚姻的殿堂，我这个幌子没有白做，着实让我欣慰。

不过我可不想再卷入那种事情了。和那个男人也有一些尴尬，我到处冲人发火的时候，有人和我说："I本人和那个杂志的人关系很亲密，有没有可能是他自己透漏的消息呢？"

我并不是非常了解I，所以也没有怀疑他。我只是单纯不愿意自己再置身于不经意间会听到他的名字的环境中。

多年来，这件事情像一个小刺儿留在我的心里。

我和那个被传绯闻的男人和好，甚至把我家空着的房间借给他用，两家人一起来往，一起带着孩子去理发，又是很久之后的事情了。

我曾从别人那里听说I从之前的公司辞了职，我当时想一定没有再见的机会了。

然而，命运让我们再次相遇。

有一天晚上，老公因为工作不在家，我也因为工作回去得晚，没有时间去采购，冰箱里只剩下一点大葱。

我本打算用大葱煮点方便面应付过去，但儿子突然说想吃生鱼片，所以我们决定去外面吃。

可能很多人不知道，下北泽有很多生鱼片便宜又好吃的店。我想对于喜欢吃鱼的人来说，下北泽真的是天堂。

离我家最近的店，虽然有点贵，但鱼足够新

鲜，点一些用来下酒也花不了多少钱。自那家店开业以来，家里来客人时，或者像那天一样晚归时，我们经常会一家人前去。所以，那天晚上我们也像平常一样走进了那家店。

但是，店里的样子却好像不太一样。出来迎接我们的并不是往日里那个小伙子，而是一位素未谋面的小姑娘。

她说："抱歉，本店不接待儿童。"

明明我上个月来这里的时候，还非常欢迎我家孩子，是改规定了吗？我看了一眼贴在门口的告示，上面写着"谢绝学龄前儿童"。

我看了一下身边个子高高、不修边幅的十三岁的儿子。怎么看，也不像是学龄前儿童。

于是我不甘心地说："我们上个月还来过这里。这里一开张我们就常来了。"

小姑娘却说："这是新规定的，真的非常抱歉。"

我接着说："但是，他已经不是学龄前儿童

了啊。”

但小姑娘却固执地说：“不管怎么样，本店是不接待儿童的。”

我感觉真是麻烦，也想过就这样放弃，但总是有一点不甘心。于是我又说：“那么，我想最后和店长道个别，能不能把店长叫出来？”

她不情愿地说：“店长正在工作。”我想要是店长没有换人的话，我还是想见一下。因为我曾多次在店里谈工作，全家人一起来的时候，和店长的对话也总是很开心，感觉关系还是很不错的。如果他认为是我一声招呼都不打就突然不再光顾，那也太冤枉了。

这时，突然有人推开了我背后的店门，I精神抖擞地走了进来。

“啊，多少年没有见过这个人了，或者说这个人是哪个编辑部的来着？”我一瞬间几乎想不起面前这个人是谁，心里有点打鼓，但一听他的声音，我立马就想起来了。

他说："我本来想在这里吃饭，从外面往里面一看，发现吉本你在这里。有什么我能帮得上忙的吗？"

我回答："这里我经常来，今天突然告诉我说儿童不能进，那张纸上写的是谢绝学龄前儿童，但我的孩子又不是学龄前，所以正交涉着呢。"

I附和说："确实怎么看也不像学龄前儿童。"

不知道为什么，那个小姑娘已经火冒三丈，一脸不满地听着我和I的对话。终于店长从里面走了出来。

因为是从来没有见过的人，我不由得吃了一惊。

我问："请问之前那个店长是辞职了吗？看起来很年轻的，四十九岁的……"

新店长回答说："是的。这家店是连锁店。员工整体轮换，之前的店长去了其他分店。"

原来是这样，我再也见不到之前的店长了。上个月还送我们土豆泥沙拉，还欢迎我们再次光临，那就是我们最后一次见面了。我想，连锁店这样的一面真让人难过。

于是我说："从这儿开店以来，我们就经常来，今天进来的时候，突然告诉我们不能接待小孩子，所以我就想着最后和店长道个别。"

新店长马上说："我会转告他的。还有，这个孩子怎么看也不是学龄前儿童。快请进。"

小姑娘就更加生气了，一句道歉的话都没有说就闪进了店里。之后倒是有为我们服务，但不管我怎么笑脸相迎，她都是怒气冲冲的模样。真可悲，也不知道为什么会这样。店铺里这种现象很常见。很遗憾，她可能不怎么适合服务行业。

然而，借此机会我能和I还有儿子一起吃饭，令我很开心。

我们当时还没有挑明关系就分手了，现在能再次相遇，而且他还想帮助我、保护我，真的让我很高兴。

我们闲聊起很多人的消息，一边吃生鱼片，一边倾听对方的近况，度过了愉快的晚餐时间。

I对我儿子说："我家就住在这个坡上面。从这个地方一直向上走，可能比你们家还要离坡顶近一点。"

我说："真的吗？但是我们最近刚刚搬家，更靠近坡顶一点了哦。"

他接着说："是吗？我家是在××园附近。"

我有点吃惊："啊，我家也是。就紧挨着那里。你快告诉我你家的地址。"

我刚搬过来时，曾去附近所有的人家寒暄过，不可能不知道啊。

他说："我家地址是×丁目××。"这个地址基本和我家的地址一样。

"这个，是我家啊。怎么会这样？"

"难道，吉本你家是再往里面一点，最近刚搬过来的那家吗？"

"是啊。"

"啊，那是我家正对门啊。"

"我明白了！是黄色墙壁那家？我去打过招呼

呢，那时候见过你的妻子。”

“对啊，妻子当时还和我提起来。说是对面有人搬进来了。感觉好像是同行。”

“原来如此，今后请多多关照。”

“我才需要请你多多关照呢。”

真的让人难以置信。

于是我们愉快地一起爬坡，回到同一个地方，又和他的妻子打了招呼，以不可思议的心情道了晚安，然后从同一条路各自回了家。

原来我和老公去寒暄时，他家只有妻子在家，他路遇我老公和儿子时，我又没在场，所以我们彼此没见过对方。也就是说数月来，只有我和他未曾谋面，所以不知道彼此一直生活在对面。

下北泽之神一定是在笑着注视着我们吧。虽然迟早会遇见，但如此戏剧般的重逢，还真不得不感谢那个有点让人发怵的店员。

搬进新家后总是遇到有些让人害怕的邻居或讨

厌邻里交往的人，过去我们的生活总是充满孩子们的声音，交往的人也都是年轻的夫妻，过得很开放。所以搬家后，我们经常会感到不知所措。

然而从那天开始，我感觉心情突然变得畅快了很多。收到很多水果或鸡蛋时，我们会分给彼此，也会把各自写的书投到对方的信箱里，出门时遇见了会彼此道一声一路平安，心情会因此欢快了很多。

现在也会有人突然跑来我家发火，我完全不会在意，不知道是不是错觉，感觉房子突然间适应了我们，呈现了一种美好的氛围。

我想I只要继续干编辑的工作，我们一定会有机会合作的。那个时候，样张只要放到对方的信箱就可以，协商工作也可以在附近完成。想想就很开心，甚至感觉已经不再需要到外面去了。

我选择住了这儿，就会失去住在其他地方的机会，就会有很多我没有办法体验的生活，会面临和很多人的别离，会遇见那些见面反而尴尬的人，也必须离开我喜欢的故乡。

但是，正因为我定居于此，所以能够形成自己的圈子，自己的缘分，这比什么都让我开心。出门只要把手机、钱包和钥匙揣进口袋，走在街上便会遇见熟人。与各式各样的人共同生活在此处才是最珍贵的。有很多邻居会在不经意间见证儿子的成长。没有缘分的人就算近在咫尺，也不会擦肩而过。我一定是像《行尸走肉》的主人公们一样，只在我的缘分之内，构建了属于自己的下北泽。

一个有占卜师，有餐厅，有提供夏威夷式按摩服务的按摩店，有书店，有编辑，有写手，有设计师，有校对者，应有尽有的我的下北泽。

插画师小舞，欢迎你随时回来。

还有欢迎各位随时来下北泽玩。如果喜欢这里，也可以久住下来哦。

背后的故事

❶ 《E10★游侠》

我在正文中提到自己住在上马时，那家带着小猪的人家搬到四楼之前，住在我家楼上的实际上是松本敦一家。

至今我们也会偶尔一起去吃饭。真是不可思议的缘分。

松本先生的妻子非常漂亮，在我见过的人中应该稳居前五，她遇到任何事情都不会有一丝慌乱（难怪松本会为她创作《遇见你真好》）。她第一次带着毛巾来送见面礼，告诉我“我搬家到了您楼上”的时候，奈良出生的助理说：“对关西人来说，一提到松本，肯定只有松本敦了。”我当时还说：“不会吧，怎么可能呢。”没想到居然是真的。

最开始的时候，常常有糊里糊涂合唱团的粉丝守在公寓外面，我一出去，他们还会嘀咕“那个人是他夫人吗”之类的（非常遗憾，并不是）。

松本敦的女儿和儿子相继出生后，我也在差不多相同时期生了孩子，开始了育儿生活，所以让我觉得很有依靠。

在那十年间，同一栋楼里出生了三个小孩，所以大家总是热闹又开心。

我工作间的正上方是松本先生作曲的房间，我们曾笑着聊起过：“这个垂直的空间里应该流动着源源不断的创作能量，不管是谁进展不下去的时候，都会得到另一边能量的帮助。”

当时住在目黑的小泽健二过来玩，大家还一起吃了寿喜锅。那时就是那样一个年代。

松本家里有“可以在其他房间观察到熟睡中的孩子的显示屏”“吸引孩子注意的奇怪人偶”等，他们夫妇总是愉快地想出各种办法，让我至今无法忘记。那段时间我们都是第一次生孩子，生活方式也随之改变，生活中充满了不寻常的活力。

明星、歌手总是自带熠熠生辉的光环。

松本先生通透的声音和任何时候都笔挺的身姿十分优美。每次在电梯里遇到他，都感觉他好像发散着一种让我略微紧张的气场。简短的几句对话，也因为他美妙的声音，让我感觉仿佛听了动人的佳话。

在天晴的周日午后，他为了演唱会练习三弦琴时，美妙的音乐乘着风飘进我的耳朵，让我如获至宝。

我家只要开着窗户，就经常可以听到松本先生的声音，虽然听不清楚具体内容，但只有他的声音可以飘到三楼。

那是能够让人安心的声音。

最美妙的是，奥田民生和松本先生要在某个摇滚音乐节上竞相登场的那段时期。

因为孩子还小，我没有办法去那个摇滚音乐节，但每天泡澡的时候就能听见松本先生在浴室练习《E10★游侠》的声音。

歌曲本身就很动听，加上浴室的回响和松本先生美妙的嗓音，让这首歌越发好听。想必他只是轻轻哼唱而已，但因为他开着窗户，所以我只要打开窗，就能完美地听到他那通透的声音，令我感动得简直要掉下眼泪。

如此美的声音，如此美的歌曲，如此美的歌词。

正因为不是自己的歌，松本先生才唱得更加准确，情感才更加真挚，那个场面打动了我。他真的是喜欢唱歌，只要一开口就一定会完美演绎出歌曲的生命力。

现在回想起来，虽说住在不同楼层，但两个赤身裸体的人又是唱歌又是感动的，那个垂直的空间也是相当好笑呢。

那是一个幸福的时代。

❷ 真的是背后的故事……

背后的故事的危险度越来越高，这篇文章以后说不定会被禁止发行。

在我完全弄清楚那个现房出售或某种程度上已经确定规格的房屋相关规定之前，我想给新房加一个壁橱和一个水龙头，于是委托了原来的施工队。这种事情千万不要固执己见，最好是直接拜托盖房子的人。

有一天，因为有追加工程要施工，于是我带了些慰问品过去，正巧遇到一位刚刚到的木工。然而原计划应该是下午一点开始，那个时候已经是四点了。

怎么回事呢？而且本来应该要来两三个人的吧？我是这么想的，所以买的饮料也多出不少，但姑且还是全部递给了他。

“非常感谢。这么多可喝不完，我拿回事务所给大家喝。今天的工作我一个人做。估计水管没有铺到这个位置，所以有可能没有办法在二楼装水阀……我会努力试试看。”

他这样回复我，脸长得有点像菊地成孔。

而且是像宿醉或者刚结束演唱会疲惫不堪的菊地成孔……

他的脸色非常差，胳膊上还贴着不知是抽血还是打点滴后的创可贴。

我告诉他“请不要太逞强”，就回家了。

后来，中介告诉我：“他住院了。有可能近期都无法出院。”我丝毫没有惊讶。

当然二楼并没有装水阀，三楼倒是有，不过应该装水龙头的地方却用了一个螺母代替。看起来施工并没有结束。

我想他这么做，肯定是身体不舒服的缘故，这么想我也有些难过。

我对中介说此事关乎他们的声誉，于是后来他们又给我重新安装了水阀，其他小问题也都由另外的工人帮我一一处理了。

那个长得像菊地成孔的工人就这样从我的人生中消失了，没有留下任何痕迹……

他就此消失了也没关系。这栋小小的房子，我并不知道会住到什么时候，然而是他们帮我盖好了现在寄身于此的家，所以我希望他们可以永远健康。

之后，家里涂了胶的地方到处脱落（笑），我抱怨说："很多地方的胶都脱落了。"定期维修的有点可爱的小伙子居然悠闲地说："啊……这很好。"（很不好才对吧！）顺便告诉大家，那个小伙子长得有点像山崎将義（为什么要加这句呢？）。

和小伙子一同前来的还有一位看上去很悠闲的

大叔，他看见我的狗说："狗真的是很可爱啊，我养的第一条金毛寻回犬死了以后，看到别人的狗我就很难过。因为它会一直在门口等我回去，还没有哪个人会这样对我呢。"听他这么说后，我想定期检查的这些人也很暖心啊，虽然并不见得每次都会委托他们来修理。

随机应变比什么都重要，只要时刻怀着一颗善待他人的爱心，有很多事情应该都会得到圆满的解决。

❸ 自我担心

现在把旅行当成本职工作的高野照子，在我儿子还小的时候，曾在东映工作，她曾邀请我们母子去参加《假面骑士甲斗王》的线下活动。

在那里我们见到了制作人白仓伸一郎和武部直美，听他们讲述了各种精彩的故事，让我永生难忘。他们满怀热情，认为正因为假面骑士创造了历史，所以才想要用现代最有意思的题材去表现，他们认为作品中的哲学重于一切，对我很有参考价值。

从电王开始，《假面骑士》系列就开始逐渐走向华丽、欢快的娱乐路线，直到甲斗王为止还深受前面响鬼、空我的阴暗风格影响，着实有趣。

对于那些不感兴趣的人来说可能完全不知所云。总之差不多是这么回事，大家可以忽略这里。

在照子的安排下，我和儿子还见到了水岛宏和佐藤祐基。当时他们马上要开始谈话节目，然而并没有一丝厌烦的表情，还和儿子合照、握手。

照子当时在东映里很有名，所以他们在照子面前总是微笑着，和我们说了很多话，听说我和儿子每周非常热心地收看节目，也表现得特别高兴。

我非常喜欢水岛先生演的天道。天道是一个孤独的英雄，他精通厨艺，在得知自己最爱的妹妹是异虫后，内心无比痛苦，一边强装欢颜，一边以不羁的性格制作美食，这种性格非常打动我。

现实中的水岛先生看上去很温柔，和天道完全不是同一个人，让我不由感叹他出色的演技。

《假面骑士》里的帅哥们，后面基本上都成了优秀的演员，而且让这个世间的妈妈们激动得心潮澎湃。

然而，可悲的是我对帅哥基本不感兴趣（每次这么说，老公总是一副受伤的样子，所以我会补一句“也有例外的哦”），所以面对两位优秀、帅气、运动细胞发达的帅哥时，我的心情也只是像看待孩子的母亲一样而已。

正好在那之后，照子说：“先停一下，现在有可能可以看到甲斗王和钢斗王!”于是我们跑出走廊。

跟着照子，我们见到了站在那里的假面骑士甲斗王和钢斗王，当然是穿着拍摄服装的演员。照子帮我们说了很多好话，他们才同意以不公开照片为条件，让我拍了一张夹在两人（两只？笑）中间的照片。

我开心的笑容，好像是新娘子般娇羞。我还询问他们能不能握手，他们沉默着帅气地点了点头，于是我的脸更红了。

我作为女性的人生可以说是让人绝望的，但我感觉这件事，和我现在非常喜欢梨妖精[1]是同样的道理。

人类男性的话，呵呵（?）!

---

① 日本千叶县船桥市的吉祥物。

❹ 作品们

在 B&B 书店和冈村靖幸对谈的时候，感觉冈村先生实在太过胆小，于是我拼命地推他往艺术方向前进。

即便感觉是那么微弱，他的声音也是表现那个世界的杰出艺术，这点毋庸置疑。

他仅仅是说了一点什么，就直击我的内心。并且那独特的节奏让我觉得很了不起。我不禁感慨，那个用旋律唱出歌词，唱得深入人心的声音是如此特别。

冈村先生的声音给我们的青春涂上五彩斑斓的颜色，他的声音永远不会消失。

我想人仅仅是活着，本身就是一件作品。

之前有一次在 B&B 书店举办活动时，有一个心理不太健康的女孩子，她本来说身体不适，可能无法前来，还说自己极度孤独。最终还是在活动现场见到了她。我曾和她短暂地交谈，不知道我的作品对她有没有帮助，我本人无法为她做任何事情。

我希望她能努力活下去，抱着这样强烈的想法，我和她聊了很多。

之后她又一次来参加活动，我发现她变得开朗了一些。

我绝对没有办法问她“你是之前那个状态不太好的孩子吗？现在感觉怎么样”之类的问题。那样会比较轻率，感觉我们只要互相凝视，会心一笑就最好不过了。

虽然看起来，她还有很多艰辛，但感觉她脚踏实地站在大地上，眼睛里闪烁着只有活着的人才会有的光辉。

我想告诉她，可能你并不这样觉得，但你只要活着，本身就是一件作品。并不是由神或是你的父母创造的，而是你的灵魂与肉体独一无二的组合，是由你每天的选择展现出来的。

现在我也想把这句话送给所有消沉的人，包括我自己。

京都还有一家叫 Prinz 的知名咖啡店。楼上可以住宿，里面还有画廊，出售海外的写真集，下面有个庭院，宽敞又安静。

之前，累得筋疲力尽的我和家人一起去了那里，同行的还有之前一起去了那家叫作山之叶的店的京都朋友，还有人生非常潇洒、天生就是艺术家的外村真由美。那天天气闷热，店里基本没有什么客人，在洒满阳光的店里儿子像往常一样开始给真由美表演魔术，两个人光明正大地占据了店里最宽敞的桌子。我和老公在另外一张桌子前喝着果汁静静地看着他们。之后因为大家无法忍受强烈的阳光，就私自换到了其他座位。我们到底是打算占用多少座位？并且当时我的手机电量耗尽，又在等一个重要的电话，所以还在店里充了电。我们重新点了饮品，在凉快的座位上坐了没一会儿，儿子竟然进入了梦乡。结果我们在店里一直待了两个小时。等到要离开的时候，发现孩子的口水弄湿了沙发，我一边拼命地擦拭，一边反省“没有我们这么差劲的客人吧……”，之后赶去参加了御手洗祭[①]。

这段在京都的咖啡店留下的丢脸回忆，也成了我对京都咖啡店的回忆，留在了我的脑海中。

---

① 京都上鸭神社举行的祭神活动。

❺ 奇妙之旅

有一次，姐姐生病需要动手术，手术的日子都定了，就要到准备手术的某天，姐姐突然逃走了。

我想姐姐可真是厉害，对平时里要照顾父母的她来说，可能不这么做的话，就没有办法让医院推迟手术的时间。

对于照料病人的人来说，一定是会给自己设置诸多限制的。

“临时拜托他人，自己抽身出来吃点好吃的！”的动力会慢慢消失，甚至对于这样的行为都会产生罪恶感。

“我居然不能像现在这样，在白天的时候，悠闲地走进自己没去过的店铺。”当我接到姐姐在东京站的大丸百货发来的类似这样的邮件时，我想，手术逃就逃了吧。

姐姐从东京站出发去了京都，我想一直让她一个人在外面也不太好，所以决定去京都陪她一天，打算租个车带她去她曾经住的地方附近转转。

我拜托之前总是帮我开车的小伙子：“能不能坐新干线一起过去，然后租一辆车帮我开。”他说：“那不如我们自己开车过去，怎么样？”

我想一生中有一次这样的经历也不错，于是收拾好行李，带着孩子，由他开车出发去了京都。

就算途中在浜名湖品尝了鳗鱼，补充了体力，一个人连续开车七个小时还是非常累的。

我和姐姐在酒店会合之后，一起去了居酒屋。虽然只是一个名不见经传的居酒屋，但从姐姐开始住在京都时算起，我们是时隔三十年后又一起坐在京都喝酒，这个事实让我很惊讶。现在姐姐生着病，想起来就更加不可思议了。马上要和司空见惯的姐姐的乳房说再见了。

怀着这样的想法，第二天我和姐姐一起去了宝池以及左京区的书店等一些久违的地方。

姐姐还一个人散步去了一个路线比较复杂的地方，回来时打不到出租车。我和我住在京都的豪爽女性朋友会合之后，她说她去帮我接姐姐回来。

她说：“把车子借给我，我知道路。”

帮我开车的小伙子有点担心地说：“你第一次开这台车，没问题吗？还是我去吧。”

她丢下一句“完全没问题啊”就开着我的车一溜烟地走了，留下有点震惊的他让我觉得挺好玩的，我想，还好没有租车。

我的小车已经买了二十多年了，能被那么多擅长开车的人驾驶，我的车一定也很高兴。

第二天住酒店，我和姐姐一个房间，儿子和开车的小伙子一个房间，这在平日里很难想象。因为除此以外怎么组合都不太合适（笑）。

在那个狭长的酒店，两个房间正好分别位于酒店的两端，我得把在我和姐姐的房间里泡了澡的儿子送回他们的房间。

我和儿子一直牵着手走在漫长、昏暗、空无一人的走廊。

怕麻烦的我只穿着拖鞋和睡衣，除了门卡两手空空。

儿子说："离开妈妈总会感觉舍不得。"

我说："妈妈一个人走回去，也有点寂寞。"送到房间里，正躺在床上等着儿子的开车小伙亲切地和儿子打招呼："喂，小满。"看到这一幕，我莫名地放下心来，一个人又走过漫长的走廊，回到姐姐等着的房间。

这是一段美好的回忆。

❻ 下北泽的大野舞

大野舞和超远距离异地恋的恋人遗憾分手之后，又发现彼此需要对方，所以决定住在一起，在家人的祝福下结了婚，生了孩子。

能在小舞人生发生这么多重大事件的特别时期与她合作，我感到非常荣幸。

我们彼此都很忙，因此并没有频繁见面。

但我总是会感觉到小舞就在我的身边。

然而今年，小舞因为老公工作的原因，要搬去很远的地方。

想着再也不会在附近遇到抱着女儿走路的小舞，我感到强烈的不舍。

人生有很多不同的时期，我想我们现在应该要感谢那些一起度过的时光，今后各自幸福地描绘全新的人生，要是偶尔还能有一些交集就更好了。

人生这条大船，偶尔会擅自做好出航的准备，仿佛片刻都等不及地离开港湾。

而我们只能操控船舵，把各自的心情开朗地调适过来。

小舞住的地方正好是我在代泽时的住所隔壁。

下坡后总是可以看见小舞的房间亮着灯。

我们每次一起出门吃饭后总是在山坡脚下分别。

我们各自外出回来，总是把伴手礼放到对方的信箱或是挂在门把手上。

大地震之后小舞就在我的身边，让我心里非常有安全感，在漆黑一片的我的家里，我们一起烤羊肉，一起喝了红酒。那段时光一直闪耀在我的心里。凑巧邻居们都聚在一起，让人很放心。

我和儿子曾经与小舞夫妇一起去仙台看 JOJO 展，大家住在一个狭小细长的酒店，一起吃吃喝喝还唱了卡拉 OK。还边唱边自嘲说我们为什么跑到仙台来唱卡拉 OK。

还有一次小舞的老公开车，我们去了小舞的老家吃烤肉，回程也一起回到下北泽。

我知道那看似理所当然的每一天只是人生中短短的一段时期而已。在过去的五十年中，那些一直在身边，每天能见到的人突然有一天就再也见不到的事，我已经司空见惯了。

就好像在机场拥抱之后，走进安检时的感觉。

我们好像早上还一起吃早饭，刚才还一起游泳，边喝茶边闲聊生活中的琐事。但是小舞已经不在了，再也触摸不到了。明明她的温度还留在我的手里。明明耳边仿佛仍能听到她的声音。

当我们各自搬离那个地方的时候，我知道一个时代结束了。但是那之后不久，我们又相遇在同一个街头。

神应该是给了我们恰到好处的准备时间。

小舞头脑聪明，内心温柔，有着放荡不羁的绘画才能，就算身处远方我也会一直支持她。

我只能衷心地、深深地祝福她今后越发成长，祝福她创作出更好的作品，更加深入自己的内心，找到更多的宝藏。

❼ 真正危险的施工现场

对于这件事，我没有任何的仇恨或执念。

并且，我的心情也很单纯明快，在此提及的那些人的任何事，只要他们认为没有问题就没有问题。

正因为这样，我才能随心所欲地写下来。

邻近我家的一个旧房子里住着一对老夫妇，有一天他们过来说，他们打算改建房子，所以接下来会有一段时间不在家，施工可能会打扰到我们，非常抱歉。然后他们就离开了。

结果那根本不是施工，而是拆除。工人们节奏十分悠闲，差不多十五分钟就休息一下，喝喝茶，吃吃零食。

最后除了几根细细的柱子，什么都没有剩下。

那可以称之为改建吗？话虽如此，据说因为保留了原来的柱子，所以即便拆除了大部分也可以算作改建，能节省一大笔税。

无论如何工程进展都太过缓慢。因为拆了屋顶后慢悠悠地铺地板，结果地板被大雨淋得湿漉漉的，我常常怀疑，这样的房子会不会有什么问题。

原本从事建筑业的出租车司机也说：“这个工地真是不得了。”我曾询问他详情，结果是从各种意义上更加感到担心。

本来说好一个月完成的工程，竟然足足花了三个月。

按那样的节奏工作，想来也不意外。

并且这三个月里，工人们经常到我家院子里来，因为不到我家的院子就无法确认燃气表。工人们还会坐在我家院子前面悠闲地吃便当，简直是昭和时代的画面。

这些倒还可以原谅。然而他们做的屋檐感觉上好像随意拼接而成的，到最后他们才发现，下雨时屋檐的水会流到我家（怎么会到这个时候才发现），又急急忙忙地加了遮雨棚，这个遮雨棚离我家院子居然只有三厘米。

真是想一出是一出，粗枝大叶。

在这本散文集里反复出现的给我开车的小伙子看到以后说："这是典型的没有一级建筑师的工地才会发生的事情。"

因为是改建公司，所以没有一级建筑师，也是无可奈何的事。

总之，我每天都能听到那些工人说"啊，这个柱子果然是不够长""还差十五厘米，那就用这个接起来吧"之类的话。

即便如此，最后还是勉强竣工了。虽然比计划晚了二个月……

因为并不怎么相熟，那段时间里老夫妇住在哪里我不得而知。

但是，从成本的角度考虑，我想可能也并没有达到什么避税的效果。

原本一个月的施工计划，因为“没想到您家损伤的程度比较严重”之类的，结果花了三个月，应该没有人会因为这个去打官司。

我每天都会见到这些施工的工人，除了懒散以外，其实都是很好的人。

可以说谁都没有错，或者说谁都有错。

老夫妇搬回来和我寒暄的时候，我没忍住说：“啊……虽然我不能多说什么，但如果房子发生什么问题的话，我感觉最好还是委托其他公司会比较快。”我至今记得老爷爷当时说：“太累了。”

在这个前所未有的奇怪时代，我重新认真思考了一番“人该如何生存下去”这个问题。

图字：09－2018－1102号

图书在版编目（CIP）数据

关于下北泽 /（日）吉本芭娜娜著；董海涛译．—上海：上海译文出版社，2022.9
（吉本芭娜娜作品系列）
ISBN 978－7－5327－8973－3

Ⅰ．①关…　Ⅱ．①吉…　②董…　Ⅲ．①散文集—日本—现代　Ⅳ．①I313．65

中国版本图书馆CIP数据核字（2022）第153624号

关于下北泽
下北沢について

［日］吉本芭娜娜　著
董海涛　译

出版统筹　赵武平
责任编辑　董申琪
装帧设计　柴昊洲　彭海妮
封面插画　大野舞

上海译文出版社有限公司出版、发行
网址：www. yiwen. com. cn
201101　上海市闵行区号景路159弄B座
苏州市越洋印刷有限公司印刷

开本787×1092　1/32　印张6　插页5　字数55,000
2022年11月第1版　2022年11月第1次印刷

ISBN 978－7－5327－8973－3/I·5568
定价：48.00元